劍鳥
SWORDBIRD
NANCY YI FAN
范禕

范禕小妹：

謝謝你給我你的大作「劍鳥」。我已拜讀，寫得很動人。希望你不斷用筆，你有寫作天才，繼續努力，一定還會有很多作品。我祝福你前途無量。祝更上層樓。

陳香梅

二〇〇九年十二月

于美京

目錄

CONtents

CONtents 目錄

編者序

《劍鳥》是本出自一個十二歲留美中國女孩范禕之手的奇幻小說。這本小說在中外描寫鳥的小說中獨樹一幟，尤其是創作出了一個獨一無二的爪持麗桑寶劍、為鳥除害的劍鳥形象，這個形象令人過目不忘，他代表了正義、和平和自由，被譽為「和平衛士」。

從小說扉頁的獻詞——「獻給所有熱愛和平和自由的生靈」那裏，我們可以推斷《劍鳥》的主題大概是戰爭與和平。是的，這個千古吟頌的主題在范禕的處女作中移到了鳥的世界。鳥拿起了武器，像人一樣思維和講話，像人一樣追求和平與自由。在這個鳥的世界裏，有暴君，有神鳥，有奴隸，也有勇士。「正義終將戰勝邪惡」這個道理又一次在這個奇幻的鳥的世界中得到了驗證。林鳥們為爭取和平所表現出的勇敢、堅強和忘我的精神頗為感人。

小說結構緊湊，懸念迭起，扣人心弦。那些宏大的戰爭場面描寫得大刀闊斧，而那些主要角色的細膩的心理世界和一舉一動又刻畫寫得入木三分。故事雖然是虛幻的，但作者卻力求把情節寫得真實，貼近鳥的世界。那美麗的森林、那柳葉劇團的歡歌笑語在戰爭的背景的下尤其讓讀者捲入了呼喚和平和自由的行列。

難怪美國一家世界性的大出版社的總裁獨具慧眼地選中這本小說。相信這本小說隨著歲月的流逝將會被放在世界經典兒童小說的書架上。

作者前言

一切來得那麼具有傳奇色彩。《劍鳥》從夢中展開了翅膀，歷經艱難旅程，最終被跨國出版巨頭看中，一躍飛向了世界圖書市場。二〇〇七年二月，小說剛出版不久便衝上美國紐約時報兒童暢銷小說的排行榜。接踵而來的宣傳活動令我應接不暇，使我這個才十三歲的女孩一夜間成了大忙人。接受美國、英國各大媒體的採訪，上美國著名訪談節目（如Martha Stewart Show, Today Show和Oprah Winfrey Show等），到美國幾大城市的書店、學校演講、簽書等等。

然而，媒體熱、書迷熱並沒有沖昏了我的頭腦，讀者和評論家的稱讚更增強了我的創作動力。我坐在電腦前，開始了新的征程——寫《劍鳥》的前部曲《尋》。這是有關劍鳥如何成長為和平衛士的故事。《尋》的英文版已於二〇〇八年出版。如今，我即將完成《劍鳥》系列叢書的

第三本英文小說《劍山》，預計二〇一〇年初出版。

讀者朋友問我最多的一個問題是我的創作靈感從何而來。其實它的源頭很多，有我對鳥的愛，對大自然的愛以及我對戰爭與和平的思考等等。美國那充滿創作空間的學校教育使我迷上了閱讀和寫作。我整天在兒童文學的海洋裏遨遊，這不但使我開闊了眼界，還使我練就了一身「暢遊」的本領。書讀多了，手就癢癢，索性每天寫起日記來。日記寫久了，又感到不夠勁，於是寫起了小說。《劍鳥》是我在美國上五年級時開始寫的。小說剛寫到頭幾章時，我每天都像過年似的。我簡直就是生活在我的編織的奇幻世界裏。我與小說中角色同憂同樂。書寫到興頭，我在房間裏又蹦又跳，像隻快樂的小鳥。我試圖把我周圍熟悉的人都變成鳥，把他們的個性揉進小說的角色中。就在我要定小說主角是什麼鳥時，窗外陽臺上的吊蘭招來了一對北美鶇鳥來築巢。就這樣，小說的主角密爾頓就定為鶇鳥了。吊蘭上的鶇鳥從築巢、生蛋、孵蛋、幼鳥出世到幼鳥飛走都在我的觀察之中。這些小生命給我的寫作餘暇增添了色彩。

《劍鳥》的英文稿寫完後，我開始著手把它翻譯成漢語，我想通過做這個「作業」來鞏固和提高我的漢語水平。讀者現在讀到的漢語稿是我經過幾個月的艱苦努力寫成的。每當遇到翻譯上的困難時，我就向別人請教，幫我找到既忠實於英文原意又符合漢語習慣的說法。讀者朋友如發現有不妥之處，請予指正。

在《劍鳥》的英漢稿都完成以後，我非常想與大家分享我的故事。於是，我用電子郵件把稿子寄給了世界著名出版社哈珀柯林斯，很快得到了答覆。在與之簽訂世界同步出版的合同時，我彷佛感到與世界各地的讀者都交上了朋友。如今，《劍鳥》系列叢書的繁體漢語版將由臺灣大地出版社出版，我非常高興。我要感謝大地出版社吳錫清社長的鼓勵和支持。

希望世界各地讀繁體漢語的的小朋友喜歡這套《劍鳥》系列叢書！

范禕（Nancy Yi Fan）

二〇〇九年六月於美國佛羅里達

http://www.swordbird.googlepages.com/index.htm

獻給所有
熱愛和平與自由的生靈

北
西
東
南
白頭山
羅克威爾河
水荊部落

派綠河
鏡湖
紅藍鳥邊界線
藍翅部落
（藍鳥）
紅日頭部落
（紅鳥）
松子溪
石頭跑森林
銀溪
晨曦湖
陰森堡壘

黑暗醞釀威力。

——《邪經》

序幕

陰影

束束陽光透過森林照射下來，在茂密、潮濕的灌木叢上投下斑駁的陰影。在樹林的深處，一座堡壘正在秘密地建造。許多林鳥被抓來幹活，他們的翅膀全都被捆綁著。日復一日，他們默默地搬運著石頭、黏土和樹枝等等。通常，還會有一隻煤黑色的烏鴉在這些奴鳥中來回晃悠。他一看到誰不順眼就破口大罵，甚至掄起鞭子毒打。他叫臭蟲眼，是奴鳥的監工。他的爪上總是抓著一條跟他羽毛顏色一樣黑的皮鞭子。

這會兒，有隻穿著黑袍子的紅褐色老鷹正用一隻狡黠的黃眼珠觀察著修建中的堡壘。這隻鷹的名字叫特耐特。他個頭很大，高高地立在他的上尉和士兵之中。他有好戰的利爪，有震耳欲聾的叫聲，還有令鳥兒們難以忍受的口臭。憑著這些，他就足以令其他鳥兒膽戰心驚了。不僅如

此，他還有一個惡習：就是常常用爪尖點著左眼罩同時用右眼怒視，這更叫其他鳥兒不寒而慄。

特耐特洗劫了無數鳥巢、營地和家園，抓了很多林鳥為奴，並把他們帶到這個秘密、陰暗的角落。現在，時機終於來了——建造陰森堡壘！獨眼老鷹坐在一個臨時搭建的君主寶座上，任由惡念帶來的快感橫貫他的腦海。他一邊監視著那些瘦弱、無助的奴鳥幹活，一邊吧唧吧唧地吞著一條烤魚，吃得魚汁都順著嘴角流了下來。

獨眼老鷹特耐特的上尉黏嘴在一旁跳來跳去，不時地向堡壘周邊的樹林裏瞥上幾眼。他害怕特耐特，因為他擔心自己會成為替罪羊。

突然，特耐特臉色一變，用那隻亮得能把注視點燒出窟窿的眼睛逼視著緊張的上尉。

「別再走動了，黏嘴兒，你讓我心煩。如果你再動，我就撤了你上尉的頭銜。」特耐特說話時，一塊魚肉還掛在他的嘴角。

黏嘴顫抖得像風中的樹葉，一方面是因為害怕，另一方面是因為鷹王的口臭。

「是，是，大王。可自從派跳蚤叫和他的士兵去找新奴鳥至今已經有三天了，他們還沒回來！」

鷹王特耐特大笑起來，烤魚的尾巴從他的嘴裏掉了下來，消失在他袍子的衣領裏。

「蠢貨，誰聽說過小林鳥殺死過烏鴉？如果你再胡說八道，我就叫你去抓奴鳥！滾，去看看那些奴鳥，然後回來報告！」說著特耐特向上尉一甩袍子的繡花長袖。

黏嘴暗自慶幸，因為此時特耐特的情緒還算不錯。他知道特耐特喜怒無

常，於是趕緊跑掉了。特耐特看到烏鴉惶惶恐恐、暈頭暈腦退出的樣子，感到很滿足。他得意地用爪尖點著眼罩，嘿嘿地笑了，渾身油亮的羽毛也隨聲抖動起來。他那隻兇惡的黃眼睛霎時瞇成了一條縫。他是君王特耐特——惡魔、征服者、殺戮者和不久即將竣工的陰森堡壘的大王！他在想像著如何折磨林鳥，如何殺死違背他意願的鳥兒。沒有誰，沒有誰能阻止威力無比的特耐特！一切都能像他夢見的那樣，他將統治整個森林，將有上百萬隻林鳥向他頂禮膜拜！想到這兒，特耐特把頭向後一仰，發出一聲足以讓血液凝固的尖叫，這叫聲在森林裏久久地迴盪。頃刻間，黏嘴和其他士兵隨聲應和。祝壽聲淹沒了森林裏的一切聲響。

「特耐特君主萬歲！陰森堡壘大王萬歲！大王萬歲！」

在一片叫喊聲中，太陽爬上了樹梢。

獨木不成林。

——《古經》

第一章

紅鳥和藍鳥

晨曦緩緩地點亮了天空。在石頭跑森林的北部，一群紅衣鳳頭鳥在陰影中忽隱忽現。紅鳥們迅速低飛，他們的爪子裏都握著劍，個個表情嚴肅。紅鳥首領火焰背，是隻身材健壯、翅膀比其他紅鳥更大、更有力的紅鳥，他再次強調了進攻的計畫。

「包圍營地，等待信號，進攻。就這樣。都明白了嗎？」大家點了點頭。

一想到大戰在即，一隻小紅鳥嚇得握緊了劍柄。「火焰背，藍鳥醒了嗎？如果他們醒了，我們就完蛋了。我不想死！」

火焰背看了看遠處模糊不清的大地，使勁兒扇了幾下翅膀，試圖穩定一下大家的情緒。

「藍鳥不會醒得這麼早，也沒有鳥會死。不要殺戮。

聽見了嗎?我們只是嚇唬嚇唬他們。不要傷害他們。」

火焰背稍停了片刻,又用安慰的口氣補充說:「我們必須找回我們的蛋。絕不能讓任何鳥兒偷走我們的後代。」這番話穩定了大家的情緒,尤其是安撫了那隻小鳥,他的哀號變成了啜泣。

紅鳥們陷入了沉思,他們都清楚火焰背是對的。這會兒,藍天襯著他們紅色的身影,除了他們的翅膀發出的「颼颼」響聲外,什麼聲音也沒有。他們滑過蘋果嶺,飛過銀溪。露珠在纖細的草葉兒上顫動,蒲公英和雛菊正從葉片後面探出頭來迎接朝陽。山毛櫸靜靜地立在遠處森林的邊緣,只有晨風偶爾拂過它們。這些樹都是古樹,樹上布滿苔蘚和藤蔓,樹杈、枝條幾乎連成一體。小

溪潺潺地流著，泛起陣陣漣漪，穿行在霧靄籠罩的大地上。但紅鳥們沒有心情去欣賞這一切，因為他們有任務在身。隊伍沿著一塊巨石來了一個急轉彎，越過紅藍鳥的邊界線。

一過邊界，一種不安的感覺立刻像一陣冷風似的掠過每隻鳥兒的脊骨。他們飛進了禁區。但一個月前，這兒可不是這樣。一個月前，紅藍鳥是非常好的朋友。他們的孩子在一起玩，一塊兒捉蟲、捕蝦。可是現在，情況不同了。火焰背敏捷地扇動著翅膀，帶領隊員們在枝椏交錯的樹林裏穿梭，然後猛地一轉，來到一片開闊地。

「精神點，夥計們。大家都知道我們來這兒的目的，所以做好準備吧。艦尾，你帶三分之一的兄弟繞到左邊去。你，帶領三分之一去右邊。剩下的跟我來。飛低點，盡量別出聲。」

轉眼間，紅鳥分成三隊，飛進了陰影。他們穿過濃濃的迷霧，看到了目標。頃刻間，每雙眼睛都亮了起來，每顆心臟都加快跳動。紅鳥們悄悄地說了

幾句話之後，就迅速各就各位，包圍了藍鳥的營地。不再有任何翅膀發出響聲，大家都靜靜地落在那兒，如同雕塑一般，等待火焰背發出進攻的信號。

紅鳥的目標是掩映在一排高大粗壯的松樹後面的十棵剛剛吐出綠葉的櫟樹。櫟樹的周圍是一小片草地，草地上盛開著早春的花兒，生長著三葉草，花草上露珠閃爍。那一排松林是如此茂密，即使你飛過這兒，都可能察覺不到櫟樹的存在。這些櫟樹的確隱蔽得十分巧妙。它們就是藍翅部落的家園。

樹林裏十分寂靜，只有偶爾的抖翅聲和細微的呼吸聲打破沉寂。在樹林中間，有一棵櫟樹長得很怪，它的一根枝椏高高地伸向天空。在這根枝椏的樹葉間傳出鳥兒的竊竊私語聲。一隻名叫格來耐的藍鳥長者，弓起瘦削灰白的肩膀，若有所思地挪了挪步子。他透過樹葉，看見一束微弱的光緩緩地爬上古老的山脈。

我們到底要跟老朋友打多久？老藍鳥想。

他突然轉向藍鳥首領天獅。「這仗你打算怎麼打下去？」格來耐問，「自從你當了我們藍翅的首領，我們和紅鳥兒就打得越來越頻繁。」老藍鳥歎了一口氣，羽毛也隨著垂了下來。「你做決定太輕率了，比橡子落地還快。」

天獅望著長者格來耐，迷惑不解地說：「可他們前不久還是我們的朋友，那時我們幾乎就像一個家族的成員。」天獅說著給長者倒了一杯橡子茶。

格來耐用飽經風霜的爪子接過茶，傷心地搖著他那花白的頭。他凝視著自己在茶杯中的倒影，面帶愁容。「還記得艦尾嗎？那隻不愛說話的紅鳥兒？就在上周，我看見他在紅鳥的襲擊隊中，跟其他戰鳥一樣大嚷大叫。」

「唉，」天獅聲音嘶啞地說，「我們不得不把紅鳥當成仇敵。偷哇盜哇——這就是他們現在幹的勾當。」

風轉向了，樹葉沙沙作響。

「沒錯，紅鳥是把我們偷得精光，可我們也偷了。」格來耐又瞥了一眼外

面的光亮，繼續說，「那袋松子，那些葡萄乾，那一捆捆根莖，那些蘋果……我們拿回的比被偷走的還多。不能說我們不是賊。」

天獅趕緊打斷了格來耐的話茬兒。「沒錯，可是他們偷了我們的藍莓，偷了我們的核桃和蜂蜜！他們偷走紅莓和蘑菇，還有別的！」藍鳥首領爭辯道，「我們只是把這些東西奪回來而已，因為我們需要食物來生存！現在剛到春天，外面能找到的食物可不多啊！還有，我們的蛋呢？那可是我們的孩子，我們的後代呀！這個怎麼解釋？」

「和平更為重要，天獅。」格來耐搖著頭，喝了一口橡子茶，「儘管關於蛋的事你好像在理，但是紅鳥聲稱是我們偷了他們的蛋，而不是他們偷了我們的蛋。我不相信我們做了這麼長時間的朋友，竟然這麼快就翻臉成了仇敵。也許他們並沒有偷，而是其他鳥兒幹的。我們應該心平氣和地去跟他們談談才對。」

「談也沒用，純粹是浪費時間。我們以前試著談過，但是他們卻指責我們先偷了他們的東西。你知道，他們說的根本不對。」說完，天獅哼了一聲。

「但是天獅，難道……」

天獅湊到格來耐的面前說：「格來耐，當我們的蛋就在你的眼皮底下被偷走時，你能無動於衷嗎?當然不能。我們要戰鬥，要把蛋奪回來!」

格來耐平靜地看著這位部落首領，爪子裏的茶冒著熱氣，拂過他的臉頰嫋嫋地飄散而去。他沉默了一會兒，緩緩地說：「打就能解決問題嗎?」

天獅重重地歎了一口氣，把目光轉向牆上掛著的一幅畫，畫上有一隻手持利劍的白鳥。儘管畫已經舊了，顏色也褪了，可是它依然奪目。那隻白鳥兒好像正對著天獅微笑。天獅似乎感到白鳥跟他說了些什麼。

天獅輕聲說：「但願劍鳥能來這兒解圍。」

「啊，劍鳥……」格來耐仔細琢磨著這個名字，臉上漸漸露出了笑容，「這隻神秘的白鳥是神的兒子……雖說他是神話中的鳥兒，可我知道他存在。直覺告訴我，他是存在的。你還記得《古經》裏那個蟒蛇進攻鳥營的故事嗎?

那個部落的鳥兒拿出麗桑寶石，開始呼喚劍鳥。很快，劍鳥在閃光中出現了。他一扇動他那巨大的翅膀，蟒蛇便立刻化為烏有。」

格來耐停頓了很長時間，然後又說：「唉，要呼喚劍鳥得有一顆麗桑寶石，據說這寶石是神的眼淚的結晶，可是我們沒有，而且也不知道到哪兒去找。看來還得靠我們自己呀。」格來耐喝乾了最後幾滴茶，細細地品味著。

天獅剛要張開口說話，卻被一陣樹葉猛烈搖動的聲音打斷了。一隻年輕的藍鳥鑽了進來，驚恐萬狀地喊道：「紅鳥！他們打來了！他們打來了！」

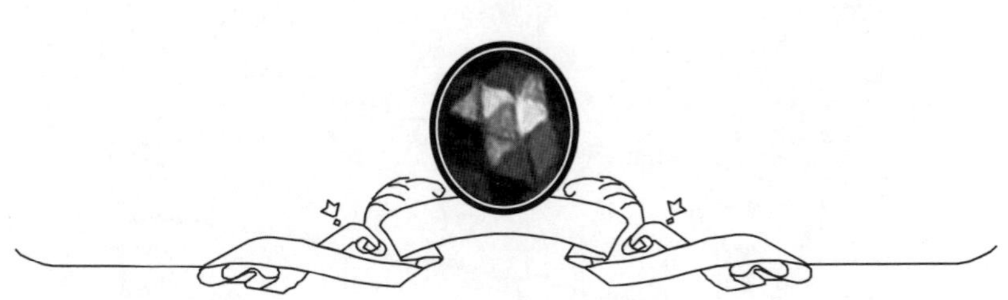

翅膀是鳥兒與生俱來的；
翅膀是自由的象徵。
——《古經》

第二章

奴鳥的出逃方案

特耐特一夥起初是押著四十多隻奴鳥從溫暖的西南地區飛往石頭跑森林的。由於途經白頭山，那兒的自然條件十分惡劣，加上食物短缺，最後到達石頭跑森林時只剩下三十八隻奴鳥。

一個月前，這些奴鳥還在自己的家園裏自由自在地生活著，可如今，他們都被鎖鏈捆綁著翅膀，囚禁在這破爛不堪、四處漏雨的奴隸營房之中。奴隸營房的牆壁是木頭塊兒拼成的，有不少縫隙，看上去好像隨時都有倒塌的可能。他們的頭頂上是用爛草和木杆綁在一塊兒搭成的屋頂，上面不知有多少窟窿，都能見到天日；腳下的泥土總是濕漉漉的，難受極了。這一帶春季常颳寒風下陣雨，所幸奴鳥們還可以在營房裏生火取暖。他們穿戴少得可憐，只是在沾滿泥巴的羽毛上披些破布。他們圍坐在火堆旁，

凍得直打哆嗦。

提樂斯，一隻年長、幽默的麻雀首先發出了號召。

「我們被抓到這個骯髒不堪的地方已經幾個星期了。女士們，先生們，要想與父老鄉親重逢，我們別無選擇，只有逃跑。」提樂斯停頓一下，好使他的講話更具有感染力，「要逃跑就不能等著天上掉餡餅。我們只要精心策劃，完全有可能逃出去。特耐特也許狡猾，但他有時也大意得像隻蒼蠅。哼！他的名字聽起來就像『特難聞』！」大家聽了一陣大笑。「無論如何，我們必須逃出去，不能困在這兒等死。問題是：怎麼做？」

火堆的對面，一隻名叫格里坡的健壯稽鳥開口說道：「只要我們當中有一隻鳥能逃走，我們就有可能贏得更好的機會。這片森林裏肯定住著不少林鳥。要是我們能和他們聯繫上，他們一定會幫助我們的。」大家低低地發出一片贊成聲。

「是啊，」一隻鳾鳥說，「林鳥是會幫助我們，但是怎麼才能聯繫上他們呢?衛兵太多了，監工臭蟲眼隨時都有可能出現在我們身邊，看來真不安全啊。我們怎麼才能溜出堡壘去找林鳥呢?」

一隻快樂的金翅雀想出了一個主意，興奮地說：「我知道怎樣做!先來迷惑上尉，讓他認為你是在幫他，下一步再設法叫他放心地讓你到堡壘外去拾柴。幾天後他會信任你的。然後再去找林鳥幫忙。」

「好主意!」提樂斯說。

格里坡搖著頭說：「我想他讓奴鳥單獨到堡壘外去拾柴十有八九是不可能的。即使能冒險出去，我看成功的可能性也不大。」

「可並不是沒有希望。我們應該試試。」有一隻鳥在下面咕噥道。

但是，提樂斯接著說：「誰願意去冒這個險呢?」

「這隻鳥應該有智慧，有口才，並且看起來很天真，只有具備這些條件才行。」金翅雀叫著把腦袋歪向一側。

大家沉默了好一陣子。一根樹枝在火堆中發出劈啪的響聲。誰去呢?誰

呢？誰呢？這個問題懸在空中。

「我去。」一隻年輕鶇鳥的聲音從鳥群中傳來。所有的頭都轉向這隻說話的鳥兒。

奴鳥們雖然都知道這隻鶇鳥的名字，但除此之外，他們對他了解甚少。他平時寡言少語，很少跟別的鳥兒聊天。

乍一看，他很瘦弱，但仔細一看，大家卻發現他雙腿敏捷，體格健壯，頗有耐力，頸部的黑羽中長著一撮紅色的羽毛。儘管他瘦弱的身體上沾滿了泥土，但是他那雙明亮的大眼睛中似乎有一種東西溫暖著大家的心田。他看上去非常自信。

「密爾頓？」

這隻鶇鳥點了點頭，嘴角流露出一絲微笑。他看上去如此堅定，一下子讓大家感到他就是最佳人選。

格里坡看了看這隻鶇鳥，笑道：「密爾頓，我有一種感覺，你要冒一番風險了。」

屋外，風在呼嘯。

暴君的最大快樂是折磨弱者。

——《邪經》

第三章

哎喲——哎喲——哎喲——

特耐特和上尉黏嘴在剛裝修好的屋子裏並排坐著，一邊喝著栗子啤酒和葡萄酒，一邊說著話。屋裏的牆上掛著精美的刀具和古老的武器，紅松木做的椅子上鋪著軟墊，窗戶旁垂著絲綢窗簾。

鷹王憤怒的目光順著銀酒杯的沿兒射向黏嘴。「你最好在八個星期後把我的堡壘建成，不然我就拔下你的羽毛做個撣子！」特耐特威脅道。

黏嘴嚇得縮成一團，連忙答道：「我……我怕無法完成啊，大王。」

「什麼？」特耐特眼裏射出的怒火似乎能把黏嘴燒焦。「你還記得我們剛來這個地方的時候，你我坐下來所說的話嗎？就在那兒，你扇動著像破鞋片子似的嘴巴，向我保證：『春天就建成。』可眼看夏天都來了，你還嘮叨著需要更多的時間，你的鬼理由到底是什麼？」

「大王，大王，我……我們是缺少勞力呀。很多奴鳥都……都病了。」黏嘴嚇得結結巴巴的，話也說不利索了。

特耐特琢磨著：這話倒是真的。他消了一點兒氣，可他還在咆哮：「跳蚤叫不久就會抓來更多奴鳥。這附近有不少紅鳥和藍鳥。他們會成為好勞力。等找到了新奴鳥，就把那些生病的殺掉。」特耐特說完，放下了手裏的酒杯。那銀酒杯映著旭日的光芒，射出一道血紅的光影。「叫探子黑影來見我。」

「是的，大王，是的，大王。」黏嘴歪斜著翅膀，深一爪淺一爪地往門外走去。他酒氣薰天，好像籠罩在一團濃濃的霧氣之中。

黏嘴剛一走，黑影就溜了進來。這是一隻很怪的渡鴉，長著一雙黃褐色的眼睛，而不是黑色的。特耐特跟他說起了藍鳥和紅鳥的事。

「陛下，您是說一些紅鳥和藍鳥吧？」黑影恭恭敬敬地磕了一個頭，閉上一隻琥珀似的眼睛。然後，他用纖細的爪子甩了甩黑披風，看上去好像掀起了一陣黑色的旋風。「是的，陛下。他們就在我們的北面，飛過去不太遠。我們從他們的窮營地上偷來了一些食物，現在他們彼此都認為是對方偷的。」

黑影又睜開那隻眼睛，偷看了大王一眼。特耐特滿意地叫了兩聲，給黑影遞過去一杯啤酒。黑影笑容可掬地接過啤酒，那舉止可比黏嘴文雅多了。

黑影呷了一小口酒，挑著特耐特愛聽的話說：「我打算今天再到紅藍鳥的營地上轉轉，也許能搞到一些白葡萄來給您做好酒。大王，您這樣尊貴的君主怎能喝這種劣質的啤酒呢。」

「好，好，」特耐特稱讚道，酒精開始使鷹王感到眩暈了，「加倍騷擾他們，讓他們更加困惑。叫他們越摸不著頭腦越好！這樣等到我們進攻他們時，他們就無力抵抗了。」特耐特目光變得模糊起來。「黑影，現在就去吧。」

這隻渡鴉擺擺尾巴以示敬禮，然後高興地離去，眼裏閃著貪婪的光，隨口還奉承道：「大王威力無比！大王萬福，萬福！」

這隻能說會道的渡鴉剛剛消失在樓道的陰影裏，特耐特就開始想像如何蹂躪紅藍鳥的場面。是的，他要親自鞭撻一些藍鳥和紅鳥。也許他要拔下一隻藍鳥的羽毛，做把扇子；也許要用火燒一隻紅鳥，看著火燒焦紅鳥的羽毛……所有的鳥都是他的奴隸，都屈從於他。哎喲——哎喲——哎喲——，那就是奴鳥求饒的叫聲。

特耐特狂笑道：「『哎喲——哎喲——哎喲——』沒錯，奴鳥就該這麼叫。」說著，特耐特從身旁的書架上取下那本厚厚的《邪經》，深情地撫摸起來。

門外，特耐特廚師的助手提樂斯正在偷聽，他腰上還繫著圍裙。他把茶杯貼到門上，把耳朵靠近茶杯聽著。「你等著瞧吧，這就是你特耐特發現我們奴鳥逃跑後所發出的叫聲：『哎喲——哎喲——哎喲——』。」

戰爭帶給我們什麼？
恐懼、仇恨、痛苦和死亡。
——《古經》

第四章

蘋果嶺之戰

天獅二話沒說，連忙飛出格來耐的書房去召集部隊。紅鳥的叫喊聲越來越近了。

「你們七個去看著糧倉，你們十個去保護蛋和弱鳥！剩下的，排成三行，背對著樹飛出去！快！」他命令道。原本安靜的走廊上頓時喧騰起來。藍鳥們從各處迅速飛往指定的地點。

天獅拔出寶劍，衝出樹蔭，一口氣飛到了陽光地帶。「進攻！藍翅必勝！」他高喊著。

迎面而來的是紅鳥的刀光劍影和陣陣殺聲：「太陽的威力！紅日頭，衝啊！」

晨空的寧靜一下子被劍與劍的撞擊聲打破了。紅鳥們謹慎地繞著圈子飛行，試圖找到藍鳥防線的突破口。藍鳥們也特別小心。每當他們發現紅鳥集中攻打一個地方時，

他們就會派更多的鳥兒去增援。

起初，藍鳥防守得很嚴，但不久一隻瘦紅鳥不知怎的溜進了糧倉，稍後又飛了回來，爪子上抓著一隻袋子。偷食物！天獅發現了，他怒吼著衝向這隻紅鳥。紅鳥揮劍迎了上來。雙方打在一起，兩隻鳥的身軀在眼花繚亂的劍影中幾乎看不清了。最後，天獅用劍一劈，把繫袋子的繩子劈成兩截，布袋掉在下面的草地上。因為突然失重，紅鳥失去了平衡。剎那間，他失去防衛，脖子暴露在天獅面前。

天獅本能地舉起寶劍，可是他的身體裏有什麼東西在悸動，身邊的一切聲音似乎凝成了一片寂靜。和平更為重要，天獅。格來耐的聲音在他的腦海裏迴盪，他似乎看到那長者正嚴肅地向他搖著頭。藍鳥首領忽然感到自己是如此虛弱、如此迷惑……他不能——就是不能——舉劍砍向這隻年輕紅鳥的脖子。此刻，紅鳥正閉著雙眼，繃緊肌肉，等待著藍鳥給他致命的一劍。

身邊的戰鬥聲又灌入天獅的雙耳。天獅趕緊扭轉劍的方向，劍身重重地平拍在紅鳥的肩上。

紅鳥睜開眼睛，雙方對視了一會兒。紅鳥的眸子中流露出驚訝的目光，也許，還有幾分感激。之後，他飛走了，消失在鳥群中。

藍鳥們仍在頑強地抵抗著。不久，雙方的鳥兒都開始感到疲倦了。藍鳥們個個身形輕捷，紅鳥們個個身材魁梧。慢慢地，慢慢地，藍鳥們把紅鳥打回到紅藍鳥的邊界。

退到這兒，紅鳥決定不再撤退了。戰鬥將在蘋果嶺的最高點上一決勝負。一會兒藍鳥似乎勝利在望，一會兒紅鳥又佔據上風。他們打成一團，大喊大叫，彼此拼殺著。

特耐特的探子黑影藏在附近的大樹中，偷偷地看著紅藍鳥們打得難分難解。「比我預想的還好！陛下聽到這個消息一定會很高興的！」

愛絲卡在紅鳥襲擊藍鳥的前一天早晨悄悄地離開了營地，她是一隻非常漂亮的藍鳥。她的羽毛光滑亮麗，嗓音甜美動聽，身材優美勻稱，一雙褐色的眼睛猶如兩潭池水。她歎了一口氣。最近所發生的事太令她費解了，她根本無法接受這個現實：打呀，鬥呀。紅鳥怎麼能成為他們的仇敵呢？一個月前我們還是好朋友，可現在怎麼就不是了呢？她非常想念她的紅鳥朋友，懷念與紅鳥朋友在蘋果嶺玩耍的日子。蘋果嶺那兒總是陽光燦爛，草地上開滿了蒲公英，一眼望去金黃一片。可是現在，那兒卻成了紅藍鳥的邊界。藍鳥們不再去那兒了。她還想再嘗嘗紅鳥做的那香噴噴的紅莓派，那派上塗著一層黃色蜂蜜，裏面的餡兒，甜甜的，黏黏的。

愛絲卡越想越困惑。儘管是獨自靜靜地落在枝頭，她還是驅趕不了心中雜亂的思緒。她環顧四周，附近的小溪在靜靜地流淌，早春花兒的香氣撲鼻而來。以前這景象會讓愛絲卡高興得心花怒放，可現在它卻不能了。

茫然中，這隻年輕的藍鳥借助一股上升的氣流，搖搖晃晃地向天空中飛去。她的腦海裏千頭萬緒，覺得自己好像是在朝家的方向飛。她閉上眼睛想清理一下思緒，但等她再睜開眼睛時，卻發現空中浮動著黑影。那些黑影正朝著她這個方向移動過來。

跳蚤叫滿腹牢騷，因為他已經連著四天沒有吃到一頓可口的飯菜了。他和其他五個士兵被派出來抓林鳥，可到現在他們連一隻鳥兒也沒抓到。他知道他倘若空爪而歸，而且把士兵餓得半死，他會受到懲罰的。

如今只能喝點清湯清水的橡子湯，吃點蒲公英根。可是，這些吃的哪裏是跳蚤叫所能忍受的呀。他氣急敗壞地用爪子抓撓了幾下苔蘚，碰巧有一塊逕直

飛到了一個士兵的嘴巴上，正好堵住了那個士兵想要發出的驚叫。跳蚤叫怒視著那個士兵，那個士兵也怒視著他，他們各自有著各自的煩惱。

突然，跳蚤叫的思緒被一個士兵興奮的叫聲打斷了。「先生，有一隻藍鳥在不遠處飛呢。我們很容易把她包圍逮住。」

很快，這群陰影似的鳥兒逕直朝藍鳥飛去。那隻藍鳥根本來不及弄清楚這些黑影是什麼。

「救命！」等愛絲卡弄清楚是幾隻黑鳥在追趕她時，她尖叫道。

那些黑影子原來是一些大烏鴉。她加快速度東飛一下，西飛一下，慌不擇路，顧不得去想往哪兒飛，只是一門心思想把黑鳥甩掉。烏鴉們正試圖包圍她。她知道那些鳥兒比她大比她重，於是她就勢飛進了像迷宮似的灌木叢中。聽到後面的鳥兒撞擊灌木時發出的慘叫，她知道這一招靈了。可是，烏鴉們繼續追著。

因為恐懼，她飛得更快了。她估摸著至少有三隻，或許是五隻烏鴉在追趕她。一想到這兒，她不禁顫抖了一下。她清楚地知道灌木叢是不會沒有盡頭的。只有再飛十英尺遠，灌木叢就沒有了。

當她飛出灌木叢，正要另想辦法時，一隻烏鴉堵住了她的去路。愛絲卡驚叫一聲，因為飛得太快，眼看要和那隻烏鴉迎頭相撞，她來不及去想其他躲避的辦法，只好從他的身下潛飛過去。那隻目瞪口呆的烏鴉氣急敗壞，憤怒地叫喊著。

「哎呀，這隻狡猾的藍鳥！」愛絲卡聽到烏鴉吼道。「士兵們！」他猛拍翅膀吆喝著，「快把她往陰森堡壘那兒趕，趕到那兒就好對付了。」

愛絲卡飛過奇怪的陰影密布的地帶，這兒既不是紅鳥的領地，也不是藍鳥的領地。她趕緊尋找藏身之地。因為飛得過度用力，她的翅膀開始感到酸痛。哦，誰能救救我呀?!她想。雨淋在身上，打濕了羽毛，可她根本顧不上這些。

「鬼藍鳥，我一定要抓到你，我和我的哥們兒一定會的！」追趕聲越來越

大，越來越近。愛絲卡從一棵灌木底下穿了過去，同時聽到了烏鴉撞擊灌木的聲音。猛然間，她看到一個令她吃驚的景象：一座沒有建成的堡壘，高高地聳立在小白樺和香柏樹之中，竟有一棵百年老松那麼高。她不禁倒抽了一口冷氣，再看堡壘底下，那兒堆滿了石頭，瓦塊，看樣子是用來建城牆的。透過雨絲，她模糊地看見前面不遠處有一片茂盛的草地。她深吸一口氣，使出全身力氣飛了進去。當追趕她的黑鳥們凌空飛過時，她聽見他們還在大喊大叫。

她的羽毛太濕了，她飛不穩了，不花大力氣是飛不起來了。她喘著粗氣。雨點落在她頭頂的草葉上，發出有節奏的聲音。她下一步可怎麼辦呢？

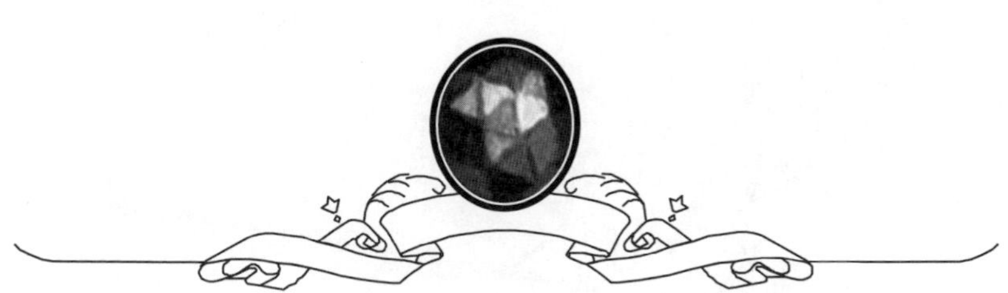

通往成功的路上長滿荊棘。
——《古經》

第五章

草叢中的林鳥

正當愛絲卡被跳蚤叫和他的士兵追趕得走頭無路時，奴鳥們這邊由於下暴雨不得不暫時停工。沒有士兵願意站在雨裏看著奴鳥們幹活的。

提樂斯從奴鳥營房的柵欄裏伸出腦袋，看了看天空。天是鉛灰色的。一陣寒風迎面撲來，這隻老麻雀歎了一口氣。暴風雨會阻止密爾頓既定計畫的實施嗎？

提樂斯猛地抬起頭，向密爾頓點了點頭，然後把他偷聽到的特耐特和上尉黏嘴以及探子陰影的對話全告訴了密爾頓。

「這麼說，特耐特一等堡壘竣工就會把我們幹掉。」密爾頓輕聲說道。他謝了提樂斯，隨即陷入了沉思。

奴鳥們焦急地等待著，不時悄悄地說著話。雨打在奴鳥營房木製的屋頂上，發出單調乏味的聲音。天花板上的

漏洞也在往下滲雨，雨水滴在滿是塵土的地上。「滴答——滴答——」小水坑漸漸變成大泥坑，最後成了黃色的小水池子。奴鳥們根本沒有注意這些。空氣中瀰漫著泥土和木頭發出的氣味。密爾頓蜷曲著身子，坐在角落裏，身上蓋著一些布條當毯子。他低頭盯著小水池子。每次水滴落到水池裏都會泛起波紋，這場景倒讓密爾頓想到了什麼。不久，我們當中的大多數都將會被殺死，他想，許多林鳥也會被兇惡的特耐特抓來成為奴鳥，就像這個大泥潭，兇猛地吞噬著房頂上的小水滴。不！我們不能坐以待斃。我們不能讓他們再去抓林鳥為奴，折磨新奴鳥，捆綁他們的翅膀……不能讓他們去抓林鳥，他們是我們唯一的希望！他突然跳了起來。

「我去求黏嘴允許我現在就去拾柴。」他鎮定地說。密爾頓環視著大家，格里坡向他蹺了一下翅膀，提樂斯向他點點頭。其他的鳥兒都在看著他。密爾頓竭力鎮定一下，疾步走出營房。

「哇，我不知道他想怎麼做，反正他要冒險了。」一隻奴鳥憂慮地說，

「要是他與這兒的林鳥說話被發現了可怎麼辦……」

提樂斯也很擔憂。他強作笑顏，祝願密爾頓遇上好運。

雨下得更大了，幾乎形成一道霧茫茫的雨幕，裹住了一切。但是，偶爾也能看見一些東西。特耐特煩躁地嚷著，一會兒看看窗戶，一會兒瞧瞧門。這場暴雨耽誤了建造堡壘的進程，使一切都變得那麼潮濕、鬱悶。特耐特啄了幾口已經放涼的烤魚。他用葡萄酒洗了洗難吃的肉。這場可恨的暴雨！鷹王惱羞成怒。他環顧一下四周，氣不打一處來。他把魚身子抓得更緊了，忽地嚷了起來，順爪把烤魚拋向門口。

就在這時門嘎吱一聲被推開了，冷魚沒有打在門上，而是不偏不倚地砸在正要進門的黏嘴的嘴巴上，發出啪的一聲脆響，砸得黏嘴趔趄了一下。

特耐特搖著頭，邪惡的眼睛裏冒著火光。黏嘴把魚從臉上拿了下來，知道現在跟鷹王說話不是時候。等他把黏在羽毛上的鱗片剝落下來，剛想走開時，

他意識到走是走不了了。他被釘在那兒。

特耐特發出一聲震耳欲聾的吼叫。他的羽毛全都立了起來，他看上去更大更可怕了。黏嘴顫抖了一下，然後側著身子開始向門口挪動腳步。

「你這隻死烏鴉，來這兒幹嘛？」特耐特暴跳如雷地呵斥道，「想添亂，是不是？在日落前，我會送你到拷打架上，那時侯你就知道誰是誰了！」一聽到拷打架，黏嘴嚇得血都快要涼了。他只是惶恐不安地盯著地面。

「我——我哪兒做錯了，大王？」黏嘴緊張地摳著黏在脖子上的一塊魚肉，支吾道，「我讓臭蟲眼把奴鳥的伙食減去一半，叫奴鳥加倍幹活，讓士兵每天早上跑五圈。一切可都按照您的吩咐在做啊，大王。我還時刻監視廚房裏的那隻老奴鳥別出什麼差錯。我——」

特耐特驀地咆哮道：「住嘴，烏鴉！」整個房子都隨著這刺耳的咆哮聲在顫動。烏鴉上尉不再啄他背上的魚渣，只是害怕地抽泣著。他的小眼睛緊張地四下張望著。特耐特繼續說道：「我聽說你和士兵們偷懶。士兵們懶得都長了一身肥肉。你竟然打算讓一隻奴鳥到外面去拾柴。派士兵去看著他了嗎？」

「沒，沒有，大王。他走之前必須徵得我的同意，大王。」

「呸，你這個烏鴉！你長沒長腦袋？」

「大王，即使他逃跑了，也只是一隻奴鳥！」

「你根本沒長腦袋！那奴鳥會找到這兒的林鳥的，那時我們的計畫就全泡湯了。泡湯了！你知道嗎？你以為你是一個上尉嗎？你連一個士兵都不夠格！在門外等著那隻鶇鳥！即使下雨也要跟著他，看著他！再做錯了，一切後果你負，沒用的烏鴉！」特耐特的話使黏嘴幾乎要昏過去了，但是他硬挺著站在那兒。

特耐特大王低頭逼視著烏鴉上尉，眼睛瞇成了一條縫。「還等什麼？」黏嘴突然間感到他還有腿。也不知道是從哪兒來的一股勁兒使得這隻烏鴉衝了出去，儘管搖搖晃晃，絆倒了兩次。老鷹的訓斥聲還在耳際迴響：「去找到那隻奴鳥，烏鴉！」

黏嘴衝進奴鳥營房去找密爾頓，嚇得奴鳥們都站了起來。這個緊張的上尉挨屋搜尋著那個要去拾柴的鶇鳥。不，不可能！可是哪兒也看不到他。

「愣著幹什麼？回去幹你們的活兒！」黏嘴嚷嚷著，搖搖晃晃地走了。他一路喊著，跌跌撞撞地向大門的方向走去。

密爾頓向堡壘的大門飛快地跑去。一路上，他越過泥濘的雨水坑，爬過滑溜的岩石，跨過擋在路上的樹枝。他瞇著眼睛往前看，好不容易看清了堡壘大門的輪廓。雨水順著他的脖子、肩膀一直流到尾巴上。他滑倒了兩次，可爬起來後他跑得更快了。

鶇鳥來到大門前，差一點兒跟黏嘴撞了一個滿懷。

黏嘴上尉盯著他喊道：「幹什麼？還跟我玩捉迷藏？我讓你去拾柴，沒叫你到處亂跑。這種天氣你為什麼還要出去拾柴？」

「長官！上尉，長官！我們沒柴火了。如果我不去拾柴的話，那我們都會凍死、病死的。那樣的話，就沒法幹活了，上尉。」密爾頓回答說。

「行了，行了，只要你自己不得傳染病就行。」上尉邊走邊吼著。他用鑰匙打開大門，把鶇鳥推了出去。「走！快拾柴去！」

密爾頓順從地走進雨中，黏嘴緊隨其後，不停地抱怨著這鬼天氣。

密爾頓和黏嘴漸漸地走到森林的邊緣，高大的松樹影子已離他們很近了。密爾頓感到有點焦急。這麼大的雨怎麼會有鳥兒出來呢？即使我找到了他們，有上尉緊跟著我……他回頭一看，看到的是黏嘴那張無精打采的苦臉。他想：唉，我不妨還是試試吧。

鶇鳥小心翼翼地開始拾柴，他把一些他能找到的樹枝都捆到一塊兒。他假裝全神貫注地幹著活。他低著頭，

蹺著尾巴，眼睛盯著木頭，仔細地選擇乾一點的樹枝。他不時地向周圍看上一眼，然後慢慢地向森林深處走去。密爾頓用心記著周圍的環境。他越走越遠……他走近了一條小溪，小溪的兩岸是深深的草叢……他還在往前走……

「鶇鳥，你想去哪兒？」後面傳來了黏嘴的呵斥聲。

密爾頓急中生智，說道：「噢，我好像聽到獵鳥的叫聲！救命啊！」

「什麼？哪來的叫聲？」

密爾頓裝出驚慌的樣子，比比畫畫地說：「就在那兒，就在那兒，越來越近了。您難道沒聽見？」

當驚恐萬狀的少尉轉過頭去的時候，密爾頓趁機縱身跳進深深的草叢中，輕輕地爬進草叢的深處，想弄清楚不遠處的一個藍色影子是不是一隻藍鳥。

「喂，喂，奴鳥，你在哪兒藏著呢？你想逃跑嗎？」黏嘴的叫聲從遠處隱約傳來。

一陣窸窸窣窣的草響，驚動了愛絲卡。「誰——誰在那兒？」她顫抖著問。她看見地上有一根長長的尖棍子，便隨爪抓了起來，指向出聲的地方。「誰？幹什麼的？」她壯著膽子問道。

響聲停止了。

「噓——」一隻鶇鳥從陰影裏鑽了出來。從他的表情上看，愛絲卡看出這隻鳥和她一樣吃驚。他沒帶任何武器，眼裏也沒有貪婪、邪惡的目光。他跟剛才追蹤她的那些鳥兒不一樣。她斷定他很友好。

密爾頓壓低聲音說：「我叫密爾頓，是陰森堡壘的奴鳥。我猜你就住在這片森林裏，是吧？」

「是呀。」

「那你就是我要找的鳥兒。」

「為什麼呢？」

「我們奴鳥急需你們當地鳥的幫助，好趕走一隻老鷹特耐特。這隻惡鳥是

一個月前來到這兒的，他也想把你們部族的鳥兒都變成他的奴隸。他命令他的士兵去偷你們紅藍鳥的蛋和食物，給你們製造麻煩。」

「喂，拾柴的，趕緊出來。」不遠處傳來了黏嘴的叫聲。

「特耐特大約有一百多個士兵。請你們部落幫助我們，為了我們彼此的安危。記住我的話，你的名字叫——？」

「我叫愛絲卡，是藍翅部落的。北邊在哪兒？」

密爾頓匆匆點點頭，並為愛絲卡指明了方向。

愛絲卡迅速飛走了，除了輕輕的一句「再見」以外，她再沒發出任何響聲。

密爾頓現在不再害怕掄著鞭子的上尉和斥聲如雷的鷹王了。他計畫的第一步已經實現了。他很快撿了一些木柴，用草稈把它們捆在一起，拿著木柴走出草叢。

「你幹什麼去了？」黏嘴質問道，「也沒有什麼獵鳥，你為什麼要躲起來？」

「長官，我以為獵鳥落地了，很害怕，長官。」

「別說了，趕快回奴鳥營房吧！」黏嘴命令道。

「是的，長官。」

上尉跟在鶇鳥的後面，算是鬆了一口氣。

黑暗中的一聲喊叫
會使我們警覺起來。
——《古經》

第六章

愛絲卡的話

大雨淋濕了藍鳥和紅鳥。儘管這樣，他們仍然在戰鬥，翅對翅、爪對爪、劍對劍。他們打得難解難分，僅僅是為了一個目的：阻止偷盜。他們此刻正不顧一切地打著、喊著，完全喪失了理智。

愛絲卡飛過邊界時，看見藍鳥部落的鳥兒正在和紅鳥戰鬥。她閉上眼睛，喘著粗氣，氣憤、絕望、傷心以及渴望讓大家知道真相的情感交織在一起。她緊握雙爪，心想：我必須阻止他們，讓他們知道真相！」雨下得更大了，愛絲卡全然不顧。她衝過邊界，仰起頭高喊：「你們還打什麼？住爪！我們被欺騙了，是被不久前侵佔石頭跑森林的一隻壞老鷹愚弄了。是他偷了我們的蛋和食物。他正在不遠處建著堡壘呢！這有多危險哪！我們不能再打了，應該做朋友才是啊！讓和平與友誼再回到我們當中

吧！住爪！」

愛絲卡的喊聲在林海中迴盪。雨嘩嘩地下著，風在咆哮，樹在搖動。鳥兒們竟然停了下來。愛絲卡看看藍鳥，又看看紅鳥，上氣不接下氣地喘息著。她用眼神乞求著大家相信她的話。

「你認為她說的是真話嗎？」

「說的是真話又能怎麼樣？」

「我們怎麼能知道呢？」

大家在嘀咕著。天獅和火焰背示意士兵們退下陣去。

儘管這樣，雙方的戰士依然緊握著武器，彼此謹慎地對視著，準備隨時聽從再次進攻的命令。

「把傷員抬回營地。」天獅突然說，「然後聽聽愛絲卡怎麼說。」

看到藍鳥們撤離邊界線，紅鳥們也撤離了。沒有受傷的鳥兒幫著受傷的鳥兒飛離戰場。

雨下得更大了。紅藍鳥的邊界上流淌著雨水和血水。這時，一隻長著琥珀色眼睛的渡鴉在上空盤旋著、掃視著，然後掃興地呱呱叫了幾聲，掉頭向遠處飛去。

「唉，天獅！」格來耐聽了邊界線上發生的事後歎息道。他傷心地搖著頭，然後沉默不語了。

天獅深深歎了一口氣，說：「我知道，可當時我感覺做得沒錯，現在看來是不該那樣做。要是不那樣的話，現在的情況就不同了。」他梳理著他的藍色羽毛，抬起頭，「唉……就是……」他又低下了頭。

「來，吃一點兒茶點吧，天獅，後悔已經發生的事是沒有用的，誰都免不了犯錯誤。儘管這個錯誤不小，但你做的在當時看來是對的，而且對大家是有利的，這是至關重要的。你關心你的部落。」

天獅接過一塊小茶點。「愛絲卡告訴我們是一隻老鷹在紅藍鳥之間做了壞

事，他想抓我們為奴，為他建造堡壘。」天獅說。

「所以團結紅鳥才是當務之急！感謝劍鳥！我們開始認識到這一點了。」格來耐高興地說著，給自己倒了一杯茶。

天獅點點頭說：「如果他們相信，如果他們主動原諒我們所做的……」

格來耐喝了一口茶，答道：「無論如何，我相信他們會的。我真希望再見見火焰背和艦尾。都是一些伶俐的鳥兒呀，你知道。」他停頓了一下，「天獅，我們現在就去跟愛絲卡談談吧？我當然想聽聽她詳細的描述。」

艦尾試著扇了扇受傷的翅膀，雖然不太疼了，但他還是難以飛起。他躺在鋪著鬆軟乾草的床上，抬頭對火焰背說：「你知道，這不是你的錯！」

紅鳥首領的心情還是很沉重。「唉，艦尾，你這話說了上萬次了，就是想讓我心情好一些，可是怎麼能說這不是我的錯呢？就是我的錯啊！自從我看到四五隻鳥偷走我們的食物以後，我就開始偷藍鳥的東西了。」

艦尾搖了搖頭，眼裏放著光，說：「你知道，如果愛絲卡說的是真話，那就說明不是藍鳥幹的。」

火焰背琢磨著艦尾的話，咬了一塊果脯，說：「你也許是對的，但願還會像過去那樣。但是你怎麼知道愛絲卡說的是真話呢？」他停了一下：「順便問一下，傷員怎麼樣？」

艦尾自嘲道：「當然都比我好，他們都很快痊癒了，他們都能飛了，就剩我不能飛。我真窩囊，你知道。」

火焰背勉強笑了笑：「不久你就會好的，朋友，也許到那時和平已經到來了。」

到了晚上，火焰背站在樹枝上尋思著：也許愛絲卡說的是實話，也許她在撒謊。他怎麼能確定呢？他應該做什麼呢？他歎了一口氣，把頭插在翅膀下，慢慢地進入了夢鄉。

在夢中，這個紅鳥首領看到了一座高大的堡壘，裏面有奴鳥，有士兵，應有盡有；還有一隻褐紅色的老鷹正在走來走去，發號施令。忽地，他又飛到空中，俯瞰著這座尚未建完的堡壘。令他震驚的是，這座堡壘竟然離他的部落近在咫尺！石頭跑森林中居然有一座堡壘？

「沒錯」。一個聲音傳來，石頭跑森林中確實有一座堡壘，而且離你們的部落和藍鳥的部落很近。

火焰背大吃一驚，他的心臟幾乎停止了跳動。

「是的，愛絲卡說的是真話。」說話聲繼續著，帶著迴響，響亮而且高亢。

「你——你是誰？」紅鳥首領顫顫巍巍地問。

一道耀眼的銀色光芒從雲端直射下

來，火焰背瞇起了眼睛。雲端之上有一隻白鳥的身影。這隻鳥令他肅然起敬。白鳥翅展的寬度是他的好幾倍，有數米寬。

巨鳥在繼續說話：啊，火焰背——我叫風聲——

「劍鳥！」紅鳥首領驚喜道。他馬上低頭敬個禮。

「免禮了，紅鳥」。

火焰背仰起頭，他能看清白鳥的寶劍，真是光彩奪目啊，劍上的麗桑寶石射出一道雪亮的光芒。他輕輕地搖著頭說道：「劍鳥，如果愛絲卡的話是真的，我該怎麼辦呢？」

「爭取和平」，空中傳來劍鳥聲音，「你現在回家吧，火焰背。我已讓你知道了真相。」

火焰背沒來得及再問什麼，就已經回到家裏了。這夢可真奇怪啊！他想，「但我想這是一個真實的夢……」

「沒錯，是真的——要記住啊，火焰背——爭取和平啊！」紅鳥首領的大

腦裏迴響著一個洪亮的聲音。

火焰背無力地笑了笑，輕聲說道：「感謝您，劍鳥！」然後又把頭埋進羽毛裏。

藍鳥們圍坐在一起，聽著愛絲卡的敘述。

「這就是紅鳥與我們打起來的原因。這樣就合乎邏輯了。」愛絲卡輕輕地歎息了一聲說。

「這也太可怕了。」藍鳥勇士柯迪憤怒地說，「在石頭跑森林裏，有一隻惡老鷹正在修建堡壘，而我們竟然沒有察覺？」

愛絲卡點點頭說：「他讓紅鳥成為我們的仇敵，可我們卻被蒙在鼓裏。」天獅說：「愛絲卡說他們有一百多個士兵，數量遠遠超過我們。所以，即使我們個個英勇善戰，我們也趕不走他們呀。」

許多藍鳥一時間不說話了。

「我們應該做好準備，以防特耐特來抓我們。」格來耐說，「看來我們還得跟紅鳥聯合起來。」

「我們應該再做朋友。」另一個勇士布郎特說。

柯迪繃起臉說：「但是如果他們認為我們是在進攻他們怎麼辦？在發生了這麼多事情以後，他們不一定信任我們。」

眾鳥一陣議論，各自發表著自己的看法。

「我們得冒這個險。」愛絲卡堅定地說，「我們需要這樣做！」

許多鳥表示贊同。

「值得一試！」天獅說。

第二天，一群藍鳥心情平和地飛往他們與紅鳥的邊界，誰也沒有拿武器。他們都希望這條邊界線很快將不復存在。藍鳥們一邊滑行，一邊回憶著往事。當他們飛進紅鳥的領地時，他們第一次感到那麼高興，就連太陽也似乎明亮了

許多。他們隨著氣流往上飛行，俯視著銀溪和蘋果嶺。可是當藍鳥們看到紅鳥的營地時，他們還是有一點兒緊張。他們紛紛落到周圍的樹枝上，但並沒有包圍紅鳥的部落。

「火焰背，我的朋友！」天獅友好地喊道，口氣裏充滿了往昔的友誼，「是我啊，天獅和藍翅們。」

不久，火焰背出現了。他十分鎮定，儘管目光裏流露出一絲驚奇。

「天獅？」他說，「天獅？」

一陣長長的沉默。

不久，紅日頭部落的鳥兒都出現了。他們也沒有拿武器。

兩個部落的鳥兒們靜立良久，面面相覷。

「進來吧，朋友。」火焰背輕聲說道，「請進吧。」

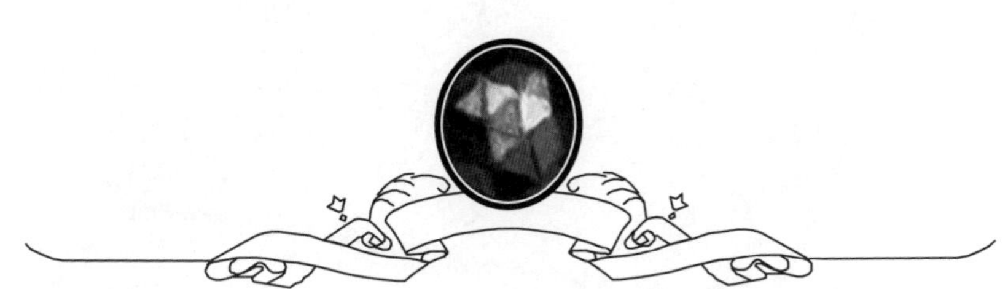

「劇團？什麼是劇團？」
我覺得自己問了一個傻問題。
那隻老鳥向我眨了眨眼睛，愉快地回答：
「哦……是籠罩在五顏六色中的
一個音樂和歡樂的匣子。
不知道你明白我的意思沒有？」
可惜的是，我沒有明白。
——《古經》中的翼哥日記

第七章

飛行的柳葉劇團

我們是飛行的柳葉劇團，
五月、九月來到這裏。
天地之間誰不知，
我們的節目數第一。
又唱歌來，又跳舞，
讓你憂愁，讓你喜，
讓你落淚，讓你笑。
做到這些真容易……

悠揚的歌聲伴隨著愉快的笑聲和悅耳的口琴聲在派綠河畔迴盪。飛行的柳葉劇團的隊員們都站在熱氣球的籃子裏，盡情地演奏著，歌唱著。一曲終了，餘音漸漸消失在下面的沼澤地和森林裏。

「啊，我們又到石頭跑森林了！」一隻叫凱思婷的山雀說。

林鴛派麗打開地圖看了看，點點頭應道：「是啊，紅、藍鳥們怎麼樣了呢？他們總會有驚喜的。」

「今年我們在哪兒演出呀？我喜歡蘋果嶺，沒有比那兒更美的地方了！」一隻名叫五月花的雀鳥感歎道。她探出腦袋朝石頭跑森林方向眺望著，像蛇一樣蜿蜒的派綠河流是劇團即將降落的地方。

「別忘了那些好吃的東西——栗子和水田芥粥、用桂皮烤製的蘑菇和大蔥餅、甲蟲沙拉、紅莓派、草莓鬆脆餅、塗著鮮蜂蜜的果仁麵包。噢，還有各種各樣的飲料，都是可口美味啊！」當鯡鳥羅皮爾起勁地羅列著這些食物時，他那雙鈕扣似的眼睛不停地閃著光芒。

派麗瞟了他一眼。

潛鳥迪比笑著搖了搖頭，說：「你就想吃的。」迪比往熱氣球的燃燒器裏放了些木炭。頓時，氣球升高了。「本鳥就是喜歡他們每次都講的劍鳥故事，

特別是愛聽劍鳥如何神奇出現、救苦救難、如何為和平而戰的故事。你們知道，劍鳥的那把古老的寶劍上鑲嵌著『麗桑寶石』，在地球上可只有七顆這種寶石呀。」

羅皮爾靠在熱氣球的籃邊兒上，竭力用爪子捂住打著哈欠的嘴巴，說：「哦……歷史，歷史，歷史……的確有趣。」

五月花從口袋裏拿出一張劍鳥的小畫片，說：「羅皮爾，你真是膽大包天哪！劍鳥的故事也是我最喜歡的。」

「唉，我對我在《劍鳥》劇中的角色已經十分熟悉了，所以我先往前飛一段。」羅皮爾說著一躍，跳出熱氣球的籃子，向前飛去。因為羅皮爾用力過猛，籃子被弄得搖晃了一下，差一點兒翻了。

派麗十分不滿：「看在劍鳥的份上，羅皮爾，我第二十次警告你，起飛時要輕一點兒！」

「這隻鯡鳥，真拿他沒辦法！」凱思婷說。

蜂鳥亞莉山德拉點點頭，表示也有同感。

「他有時竟能把我氣瘋。」迪比說。

羅皮爾的聲音從遠處傳來。「蜂（瘋）？蜂什麼？是不是說蜂蜜？那給我留一點兒！我最愛吃蜂蜜拌蘋果了，即使單吃味道也不錯……」

派麗歎了一口氣，說：「唉，這個羅皮爾！我們現在再練一首歌吧！」

羅皮爾奮力往前飛，想找一個地方休息一下，洗一個澡，再吃一點兒食物。因為愛好表演，羅皮爾不得不離開他所熱愛的海邊故鄉，加入了柳葉劇團。不過，在演出的途中，他一發現有水的地方，如小溪、池塘之類的，他總是要飛到那兒休息一下，游一會兒泳，吃一點兒水生植物，或烤一點兒蝸牛吃。

他順著一股上升氣流向銀溪的方向滑翔而去。在銀溪的第二個轉彎處，他找到了那個地方——一片披著垂柳蔭影的沙岸。羅皮爾歡喜地叫了一聲，在上空耍了一個歡兒，便一頭扎進河裏，濺起一朵朵水花。吃了一些各種各樣的水

草，又從石縫裏抓了幾隻河蚌，這隻鮮鳥游上岸，在陽光下歇著。

忽然，傳來一陣翅膀撞擊樹葉的聲音。

「陰影……小聲一點兒……林鳥還不知道呢……什麼……」

「閉嘴，你那個南瓜腦袋……難道沒看出來……藍鳥……紅鳥……奴鳥……好主意，是不是？」

羅皮爾四處張望，張開羽毛，隨時準備起飛。除了幾個黑影靜悄悄地消失在視線外，其他什麼動靜也沒有。羅皮爾驚愕地眨了眨眼睛。怎麼了？發生了什麼異常的事？這些鳥兒為什麼鬼鬼祟祟的，還說著像「奴鳥」、「不知道」之類的話？

羅皮爾本想弄清楚到底發生了什麼事兒，可不久他就放棄了，繼續吃著河蚌。有很多的事，他弄不明白；他也不想一一去琢磨。他慶幸自己的羽毛和白色的沙子融在一起，所以他才沒有被看見。他悄悄地從地上飛起來，迅速向白綠相間的熱氣球飛去。

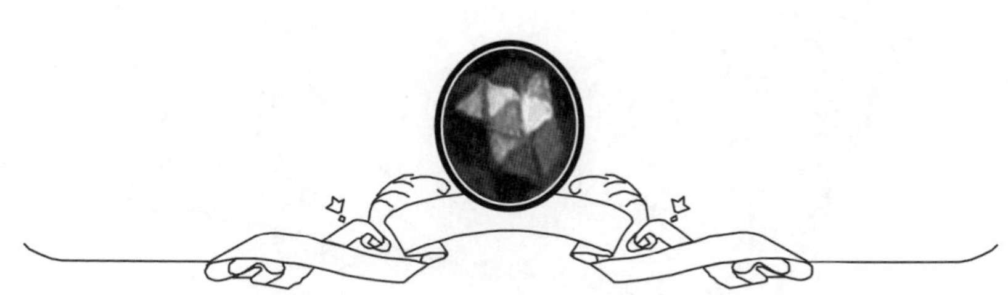

啊，歡樂的明月節！
劍鳥的誕生日。
這一天鳥兒載歌載舞，
夜空中有一輪圓圓的明月。
——《古經》

第八章

明月節

春天的第一個滿月，那天晚上便是明月節。這是慶祝劍鳥誕生的節日。這一天，紅、藍鳥兒總是在蘋果嶺的最高峰上歡慶這個節日，因為那兒是賞月的最佳去處。在這個聖潔的夜晚，就連雲朵也不敢遮住月亮。

天黑前，柳葉劇團到達了目的地。他們受到熱烈的歡迎。不一會兒，舞臺就搭好了，道具也擺上了，演出即將開始。

「女士們、先生們，盼望已久的柳葉劇團就要閃亮登場了！」滿面笑容的迪比大聲地宣布，「第一個節目：耍圈表演。彩圈耍得越多越精彩，可是彩圈一旦掉了，那可就出洋相了！」說完，迪比向後臺走去。

大幕嘎吱一聲拉開了。

「幕又該上油了。」派麗嘟囔道，「你看看，我上周

才上的油呀！」

蜂鳥亞莉山德拉從後臺飛出來。迪比帶著三個彩圈也登場了，熟練地用爪子轉了幾下彩圈。

蜂鳥有節奏地在拋起的彩圈中穿來穿去，飛得又快又穩。

「再快點，再快點，再快點！」迪比在加油。

很快，大家都跟著鼓起勁來。儘管迪比嘴上嘟囔著「噢，我不行了，我要弄掉了！」之類的話，他還是把紅、黃、藍三色彩圈耍得越來越快。「再快點，再快點，再快點！」紅、藍鳥兒隨著加油號子的節奏上下晃動著腦袋。亞莉山德拉緊跟彩圈，一會兒翻轉，一會兒旋轉，一會兒仰面飛行。

伴隨著最後一個音符，大幕嘎吱一聲合上了。震耳欲聾的喝采聲隨之而起：「好，好！」「真厲害，亞莉！」「迪比，你耍得太棒了！」

迪比再次回到了舞臺上。他汗流浹背，氣喘吁吁。

「下一個節目是劍鳥劇，是為了紀念我們的和平衛士！」他鞠了一躬，退了下去。

派麗慢慢地走向舞臺。伴隨著她腳步的音樂淒切憂傷，節奏緩慢。當這隻林鴛走到舞臺的中間時，她停了下來，慢慢地把頭轉向觀眾唱道：

太陽曬乾了大地，
哪兒都找不到一滴水。
灰塵、死亡到處都是，
黎明不再美麗。

凱思婷和五月花從右邊走出來，輕聲合唱道：

灰塵與死亡，毀滅與末日。
如今是黑暗的年月……

三隻鳥兒都低下頭，觀眾靜聽著憂傷的背景音樂。

突然音樂停止，而後傳來高昂、甜美的歌聲：「然而有劍鳥，有劍鳥！他是和平的衛士，他會來幫助我們！」亞莉山德拉唱著，從舞臺的左側走了出來。

一名小提琴手立刻在後臺奏響一支充滿希望的曲子，四隻鳥兒一起歡快地唱了起來：

劍鳥！劍鳥！
請用你神奇的劍為我們造雨吧！
劍鳥！劍鳥！
讓我們再過上歡樂的日子吧！

迪比放下提琴，對羅皮爾說：「羅皮爾，該上臺了！」他們把皮帶（皮帶連著一隻巨大的風箏）牢牢地拴在了腰和肩上。

「準備好了嗎？」羅皮爾抓起由一根長木杆做成的劍的道具。

迪比專注地等著開始的音符。「起飛！」

兩隻鳥兒起飛了，從後臺來到觀眾面前。他們飛得很高，使勁扇動著翅膀。他們飛得越來越快，白風箏在他們的上方展開了，變成了一隻巨大的白鳥！兩隻拽著白風箏的鳥變成了劍鳥的雙爪，羅皮爾的木杆變成了劍鳥的劍。

一時間，紅、藍鳥兒驚奇地喝起采來。

「劍鳥！」派麗、五月花、凱思婷和亞莉山德拉一起歡呼著。

「劍鳥！」觀眾也隨聲應和。

羅皮爾和迪比在舞臺上空盤旋。

「這是我最愛演的角色。」羅皮爾眨眨眼，笑著對迪比說。然後，他一邊揮舞著劍，一邊向夜空喊道：「下雨吧！」與此同時，迪比從背上拿下一個大

袋子，弄破了它。頓時，從袋子裏面漏出一些銀色的小東西，像雨點一樣灑向舞臺和觀眾。

「終於下雨了！終於下雨了！感謝劍鳥，終於下雨了！」演員們都在歡呼，並從地上撿起包在銀紙裏的果脯和果仁，再次拋向空中。

紅、藍鳥兒們一邊撿起這些吃的，一邊笑著、喊著：「下雨了！下雨了！」

演出結束了，所有的演員和觀眾都吃起了這些果脯和果仁。

迪比再次走上舞臺。

「現在是大家盼望的時刻：劇間休息，吃一點兒好吃的；演員們也累了，正好休息一下。」觀眾們的笑聲在蘋果嶺上空迴盪。

不一會兒，紅、藍鳥兒和劇團演員在餐桌上已是談笑風生。桌上擺著各種各樣的食物，是冬季儲存下來的最後食物。由於特耐特偷竊的緣故，食物不如往年那麼豐富，但誰都能在長木桌上找到自己最喜歡的。

「請把奶油遞給我。」

「唔——布朗特，嘗嘗這個紅莓派，布郎特。太好吃了！我好久沒吃過了；特耐特偷走不少東西以後，我們就沒有那麼多紅莓用來做派了。你們部落居然還有！」

「喂，小傢伙，怎麼不吃一點兒石頭跑森林的大燉菜？」

「可是我要先吃些烤毛毛蟲！」

「咦，誰把馬鈴薯沙拉都吃了？」

「你吃東西也太貪了，羅皮爾！」

「我很久沒吃到這麼好吃的甲蟲了……又脆又香啊！」

日出日落，許多天過去了，石頭跑森林終於又充滿了紅、藍鳥兒的笑聲。此刻，森林似乎在靜靜地聆聽著笑聲，與他們一起分享著這快樂的時光。

再說陰森堡壘裏，此刻特耐特意識到目前正是攻打紅、藍鳥兒的最佳時

機。他現有的這些奴鳥身體弱得就像在晚秋的風裏顫抖的樹葉，建造堡壘的進程慢得如蝸牛行路。他需要新奴鳥。他獨自坐在自己的房間裏，不停地轉動著腦筋，爪子裏緊緊地握著那本《邪經》。

特耐特原本是一隻普普通通的老鷹，沒什麼可怕的。想起這一點，他就感到挺不光彩的。在那些日子裏，他只是住在一些洞穴中，東奔西走，整天考慮的就是下一頓弄一點兒什麼吃的。讓他改變命運的是：一天，他來到一座懸崖上的洞裏躲避暴風雨，碰巧在洞壁的縫隙裏發現了一本皮革面的舊書《邪經》。

從翻開書的第一頁，讀第一個句子起，特耐特便迷上了這本書。他白天想著它，夢裏夢著它，甚至連睡覺時也把腦袋枕在這本發黴的舊書上。書中有一段話尤其讓他百讀不厭。那段話說：如果一隻鳥兒每天能吃到一隻林鳥蛋，他就能活得很久，也許能長生不死！

特耐特開始洗劫林鳥的巢營，但是這並不是一件容易的事，小鳥們憤然還擊，保護他們的後代，所以他每奪來一隻蛋都代價慘重，不是滿身傷疤，就是渾身青一塊紫一塊。不久，特耐特不再自己浪費時間去打林鳥了。他找來一幫烏鴉和渡鴉替他賣命。他命令他們攻打林鳥的巢營。

之後，他需要奴鳥來伺候他的士兵，還需要找個地方駐紮下來。就這樣，他開始抓林鳥為奴，逼迫他們建造堡壘。

《邪經》一路伴隨著他，讓他從一隻衣衫襤褸的流浪鳥變成了一隻身穿綢緞、住得比皇帝還好的暴君！

特耐特用爪子輕輕地撫摸著書的皮革封面。他已經派黏嘴去抓紅、藍鳥兒了。他們將是強壯的好勞力。不久，堡壘就會竣工。一切都會像《邪經》裏所承諾的那樣，將會成為現實！

在和平的日子裏
不要忘記意外的危險。
——《古經》

第九章

危險

黏嘴往紅、藍鳥兒的營地方向飛去，心裏有一種飄飄然的感覺。他——陰森堡壘的上尉，正指揮著一場大型戰役。他順著黑影所指的路線，胸有成竹地率領著由五十幾隻烏鴉和渡鴉組成的隊伍往前飛行。據黑影介紹，先佔領蘋果嶺最為有利，因為那兒是至高點，位於紅、藍鳥部落之間。黏嘴得意地瞥了瞥遠處的群山，放慢了飛行速度。前面的一座山上有帳篷，有舞臺，還有不少飛來飛去、像在吃東西的鳥影。

「喂，士兵，那些是不是紅、藍鳥兒？」黏嘴用爪子拍了一下身邊的渡鴉問。

「是的，上尉！看上去他們在舉辦一個慶祝會什麼的。」

「嗯……但怎麼可能呢？為什麼呢？陰影告訴我他們

彼此打得不可開交的呀。」上尉突然想到一個主意，「改變計畫。我們來偷襲他們！隊伍分散到東、北兩個方向的林地中。絕不能給特耐特大王丟臉！」這些陰影似的士兵執行了他的命令。

大家進餐時，派麗和其他幾隻鳥兒飛往劇團的熱氣球，要抬出那台亮晶晶的黑鋼琴。儘管這台小型鋼琴是專為鳥兒定做的，但它還是挺重的。很多鳥兒都來幫著搬，拉的拉，推的推，抬的抬，費了好大的勁，才把鋼琴拖到適當的位置。

派麗冒著大汗，喘著粗氣，笑著說：「好，大家期待的時刻到了：唱歌、跳舞！」

大家趕忙吞下最後幾口食物，歡呼雀躍。

「大家來選歌、選舞；大家來選歌手，選舞鳥！」派麗宣布。

凱思婷和五月花相互點點頭，一同飛到鋼琴鍵盤的各自位置：凱思婷站到

了高音鍵區，五月花站到了低音鍵區。她們等待著。

觀眾中，布朗特用翼尖推了推柯迪說：「你上啊，柯迪！上臺去唱呀！方圓左近的鳥兒都知道你嗓子是最好的！」

旁邊的鳥兒聽了也給柯迪鼓勁兒。

「聽你朋友的。」

「別害羞了！」

「來，別誤了節目！」

柯迪聽了這些話，善意地嘟囔著。「哦，好吧，」這隻藍鳥裝出一副不情願的樣子說，「只要能躲開你們的聒噪就行，不過要是唱走了調，可別怪我。」

柯迪往臺上走的時候，紅鳥的首領火焰背走出觀眾席，過去拍了拍柯迪的肩膀。「我很懷念你過去唱的那些快樂的曲子，柯迪。唱吧，唱給藍翅聽，也唱給我們聽。」說完，紅鳥首領又消失在觀眾當中。

柯迪登上了舞臺。

「我們有歌手了！」羅皮爾叫道。接著他又向柯迪說：「就飛到鋼琴的蓋子上，好嗎？」

柯迪跳到了琴蓋上，俯視著下面的觀眾。大家翹首以待。

「噓——！」

凱思婷踩了一下琴鍵說：「柯迪，選首歌吧。」

「唱《石頭跑森林與大家》怎麼樣？」

「選得好！」

三隻紅鳥同愛絲卡以及另外兩隻藍鳥一起走上舞臺。

「我們伴舞好嗎？」愛絲卡問，「這是我們最喜歡的歌曲。」五月花點了點頭。

隨後，六隻鳥排好位置：三隻紅鳥在一邊，三隻藍鳥在另一邊。

「準備好了嗎?我們先彈前奏，等最後的音符高音C響起時，你就唱。」

說完，凱思婷和五月花開始上下左右翻飛起來，用爪子壓著琴鍵。鋼琴彈奏出的旋律如潺潺的流水，輕柔、悅耳。

等最後幾個音符奏響時，五月花朝柯迪點點頭。柯迪深深地吸了一口氣，鼓起胸膛，一聽到高音C便唱了起來：

山谷裏陽光燦爛，
石頭跑森林古樹參天，
派綠河泛著波瀾，
小銀溪波光閃閃。
這是個美麗的地方，
誰都為之嚮往。
我是石頭跑森林的一員，
來自藍翅、紅日頭。

石頭跑森林是個大家園，
我們要團結到永遠。

柯迪的歌聲情真義切，使在場的一些鳥兒流出了熱淚。伴舞的鳥兒都繫著帶有石頭跑森林傳統標誌（一棵松樹上有三隻鳥兒在唱歌）的絲巾。他們或起或落，無論是在空中還是在地上，都表演得十分優雅。他們排成各種圖案，旋轉著，有節奏地輕拍著翅膀，或隨著音樂的節拍頻頻搖頭。

鋼琴家凱思婷和五月花再次把節奏加快了，彈起中間無演唱的過渡音樂。倘若一隻鳥兒用心聽，他會從音樂中聽到劈劈啪啪的雨聲和汩汩滔滔的流水聲，還彷彿會「看見」一輪旭日從石頭跑森林冉冉升起。

觀眾們都沉浸在舞蹈和音樂之中，根本沒有注意其他事。孰不知，就在周圍，黏嘴和他的士兵們正準備著向他們發起進攻。

偷偷摸摸的戰術總為上策。

——《邪經》

第十章

偷襲

黏嘴看著紅、藍鳥兒的歌舞表演，竟忍不住對節目產生了一絲興趣。不過，他的大腦裏馬上浮現出大王特耐特那張憤怒的面孔，這讓他想起他的職責。他看了看紅、藍鳥兒，低聲數了數他們的鳥數。

然後皺起眉頭唾了一口：「見他媽的鬼！我們的鳥數比他們的少多了！襲擊他們看來只能靠本事了。」

士兵們默默地點了點頭。這些黑鳥們等在那兒，觀察著紅、藍鳥兒的一舉一動。

「喂，哥們兒，慢慢往前靠近，偷襲他們。現在行動。」

天色開始昏暗下來，遠處的貓頭鷹在鳴叫。

紅、藍鳥兒隨著音樂的節拍搖晃著腦袋。柯迪站在鋼

琴的最高點，看著前方的一個黑影來保持平衡。突然，那黑影移動起來。不久，黑羽毛出現了。柯迪大吃一驚，他想是不是大腦在作怪。好在不是在唱歌的時候，他想，要是唱到中間有這種念頭，可就砸場了！

柯迪又把目光投向伴舞的鳥兒，看著愛絲卡和她的朋友們，等待著高音C。一聽到這個音符，他就唱了起來：

你若到我們的部落來作客，
你會見到像我這樣友好的朋友有許多，
紅鳥、藍鳥，永遠是朋友！
永遠是朋友……
蘋果嶺上開滿鮮花兒，
每逢節日我們來此慶賀，
朋友啊，朋友！

我們——

柯迪沒有唱完，就看見一群黑鳥漸漸逼近，隨之而來的是射向伴舞鳥的利箭。

「愛絲卡！你們快閃開！」柯迪拼命地喊道。

一支箭向愛絲卡射去，柯迪跳過去把受驚的愛絲卡推倒在地。幸運的是，這支箭只擦破了柯迪肩膀上的皮。

頓時，觀眾亂成一團。逃的逃，反擊的反擊，還有既不逃跑也不反擊的，他們就是柳葉劇團的成員。這些鳥兒幫著紅、藍鳥兒，用各種方法戲弄黑鳥。

此刻，迪比還在後臺準備下一個玩火把的節目。這隻潛鳥目測了距離，瞄準了目標，把火把投向烏鴉和渡鴉。當聽到敵鳥被燒得鬼哭狼嚎時，他開心地笑了。

就在黑鳥開始射箭時，羅皮爾正在餐桌前狼吞虎嚥地吃著派。突然，他想

出了一個主意。

「用派糊他們的臉。」他對身邊的鳥兒喊道。

「什——什麼？」

「用派糊他們！」羅皮爾使出全身力氣把一大塊紅莓派拋向一隻渡鴉。

麵團砸在這隻渡鴉的臉上，咕唧一聲，裏面的餡流了出來，濺得他和周圍幾個士兵滿身都是果醬。

亞莉山德拉發現了桌上的湯匙，她立刻教身邊的十幾隻鳥

兒如何用湯匙向敵鳥投射果仁。雨點似的果仁砸到敵兵的腦袋上，砸得他們哇啦哇啦地直叫。

凱思婷和五月花瞥見一個巨大的熱湯鍋，她倆會心地交換了一下調皮的眼神。她們也想出一個主意。

「這也是一個幫助紅、藍鳥兒的辦法，是不是，凱思婷？」

「你說得對，五月花。咱們把豆子湯鍋推倒吧！」

五月花和凱思婷一同向熱湯鍋飛去，她倆各抓一個湯鍋的把手，飛了起來，用力把湯鍋抬到附近的一棵樹杈上。等一大群烏鴉和渡鴉從下面飛過時，她倆驀地把熱氣騰騰的湯鍋朝敵鳥的方向一傾隨即飛到安全的地方，看著一些黑鳥，叫的叫，嚷的嚷，一滑一滑地在又燙又黏的湯裏掙扎著，就是飛不起來。

儘管柳葉劇團的鳥兒想出許多辦法阻止黑鳥的進攻，但是敵鳥並沒就此善罷甘休，他們仍在不斷向前攻打紅、藍鳥兒。不久，新的威脅來了：敵鳥的射

手不時地射出帶火的箭。這些箭在夜空中穿梭，像無數條火蛇。

有些火箭射到舞臺的木頭邊沿上；有些射到柳葉劇團的熱氣球上；有些射到餐桌上，燒著了漂亮的臺布，燒毀了桌上的派、蛋糕和布丁。空氣中瀰漫著燒焦的水果、布料和羽毛的氣味。

紅、藍鳥兒並肩戰鬥，齊心協力阻擊進攻者。

突然，黏嘴感到肩上被刺了一劍。他嚎叫一聲，急忙轉身。原來持劍的是一隻長著寬大翅膀的紅鳥。黏嘴憤怒地咆哮著，幾乎忘了傷痛。喊聲未息，他已與那隻紅鳥打成一團。黏嘴使出吃奶的勁揮舞著劍來保命。可是他不但被紅鳥打得青一塊紫一塊，傷痕累累，而且還被對方的翅膀扇得頭暈眼花。黏嘴見勢不妙，急忙躲到另一隻烏鴉後面，閃開了對手砍來的一劍。當那隻紅鳥（其實就是火焰背）又去打另一隻烏鴉時，黏嘴藉機四處張望著。

「救命啊，上尉！」旁邊的一隻烏鴉被一隻勇猛的藍鳥打得慘叫著墜落下去。不遠處，許多陰森堡壘的士兵都在呼爹喊娘。

第十章
偷襲

黏嘴決定去看看舞臺另一側的戰鬥情況。途中他落到地上，不小心滑進了一片又黏又燙的湯水地，那湯聞起來像是……豆湯？幾個士兵趕來救他，也撲刺刺掉進了黏湯裏。他們在湯裏滑來滾去，掙扎著。現在他們是飛不起來了。

「哎喲！」當一塊尖尖的山核桃仁被射進黏嘴的屁股時，他尖叫道。緊接著，一窩蜂似的橡子、松子、栗子、山毛櫸仁連發射了過來，射在黏嘴的臉上和翅膀上，痛得他直蹦。他忍著痛，從兩隻戰鳥的空隙間擠了出來，躲過果仁的「轟

炸」。他剛逃出來，馬上又被另一幕嚇呆了：一根火把像冤鬼似的旋轉著向他飛來。他猛地躲開火把，帶著滿身豆湯逃到一個較安全的地方，回頭看了看。哇，好險哪！他躲過的那根火把擊中了一個倒楣的鳥兵，那傢伙慘叫一聲，立即倒地死了，他的羽毛都燒著了，一股焦臭很快飄到黏嘴的鼻孔裏。上尉一心想忘掉這一慘景，於是不知怎的一頭鑽進一個塗著蜂蜜的紅莓派裏，膠黏的果醬餡一時糊住了他的眼睛。等他使勁往外拉出自己的腦袋時，他踉蹌地後退了幾步。沒等他站穩，他又當頭挨了藍鳥一棒，被打得天旋地轉，眼冒金星。

「滾！石頭跑森林不可侵犯！」這隻藍鳥怒斥道。

上尉完全被嚇昏了頭。他一路推搡著別的鳥兒，不時地回頭張望著。

「啊呀！」

「救命呀！黏嘴上尉！」

「噢，噢，我要死了！」

「帶我回陰森堡壘吧！」

士兵的叫喊聲在上尉那塞滿果醬的耳朵裏嗡嗡地迴響。上尉身上黏滿了紅莓果醬、豆子湯、果仁渣，所以他一時飛不起來，只好拼命地向前奔跑。一路上，黏嘴撞到許多和他一樣髒髒的士兵，他也顧不上他們，只是一門心思往安全的地方逃。他一叫喊，臉上的派麵渣隨即滑到了嘴巴裏。

「撤退！撤回陰森堡壘！」

每天吃一隻林鳥蛋，
死亡不會靠近你。
——《邪經》

第十一章

主意

就在黏嘴率領三分之一的士兵去攻打紅、藍鳥兒的那天晚上，陰森堡壘的奴鳥們又聚會了。時間是在傍晚，比以往圍著營火討論的時間提前了一些。最近，提樂斯不但從特耐特那兒，而且還從就餐的士兵以及廚子骨頭喊那兒偷聽到了不少消息。這些消息足以讓奴鳥們想出一個新的出逃方案。

「從哪兒說起呢，朋友們？」提樂斯興奮地說了起來，「如今出逃可能會成為現實！從特難聞，不，特耐特，廚子骨頭喊，還有其他一些頭腦簡單的士兵那兒聽到的消息來看，今天，對，就是今天，是最好的出逃時機。我們不能再等林鳥來幫助我們了；時間不多了。想想看，三分之一的士兵跟黏嘴走了，還有比這更好的時機嗎？」奴鳥們在嘀咕，一些表示贊同，還有一些持懷疑態度。

「更有利的是，特耐特患了感冒，臭蟲眼傷了右爪。是劍鳥的神助哇，這一切來得這麼巧！」

一隻奴鳥等大家嘀咕完了，問了一個大家關心的問題：「提樂斯，你有什麼計畫？」

老麻雀目光炯炯，笑了兩聲，肚子也隨之顫動著。「我的計畫可能是最棒的，應該是。」他的表情變得嚴肅起來，「聽著：大約半夜的時候他們要換崗，格里坡離門口最近，所以，等換崗士兵來的時候，你就殺了他！」老麻雀遞給這隻稽鳥一些小飛鏢——這些飛標是用偷偷撿來的木棍做的，奴鳥們暗地裏用石頭把它們磨尖了。「然後，我們悄悄溜出奴隸營房，匍匐前進，繞到後面的石堆那兒，再爬過石堆，那邊有一棵垂柳樹，順著樹往上爬，抓住柳條，盪到對面廚師儲藏室的房頂上，那上面有許多樹遮掩著，很安全。等密爾頓、格里坡和兩個燕雀兄弟把門衛幹掉以後，想辦法弄到大門鑰匙。下面的計畫你們大概能猜到了：一等大門打開，我們就從房頂上滑下來，逃離陰森堡壘。」

問。

「提樂斯，這計畫是不是太冒險了？如果門衛報警怎麼辦？」一隻連雀

提樂斯笑道：「幸運的是，今晚的哨兵是歪肩膀和那個……他叫什麼來著？對，叫大帽子。真湊巧！歪肩膀晚上值班時眼皮總是合著的；大帽子總是戴著一頂蓋住眼睛的帽子。這對我們太有利了。

「另外，密爾頓在堡壘外拾柴時，了解到林鳥們就住在我們的北邊。」

「但是倘若他們發現營房空了怎麼辦呢？我們該做些什麼？」

密爾頓眼睛一亮，神秘地笑著說：「我正要說這個。我們用草木做一些假鳥，把它們放在營房裏就行了。」

「我幾乎能想像出老臭蟲眼發現假鳥時的面部表情。」提樂斯笑道。接著，他嚴肅地說：「如果一切順利，我們就逃跑。等天亮士兵再找我們就晚了。」

「所以，」格里坡總結說：「希望一切都順順當當的啊。」

在陰森堡壘最高的廳堂裏，特耐特像往常一樣正端坐在寶座上。這些天來，他患了感冒，雖然不太嚴重，但是這場病限制了他的一些行動。他感到有一點兒頭暈目眩，思維也變得遲鈍了。儘管這樣，他偶爾還是會向上尉和士兵發發火，以阻止任何違背他意願的事發生。

這時，廚子骨頭喊進來了，他的嘴巴叼著一個銀盤子，上面托著紅、藍鳥兒的蛋各一隻。這些從紅、藍鳥兒那兒偷來的蛋要經過特耐特親自挑選，他才肯吃。特耐特拿起一隻匙子輕輕地敲了敲這兩隻蛋，想聽聽蛋的質量如何。他有一點兒不耐煩地看了看這一隻，又看了看那一隻，最後選中藍鳥蛋，然後向骨頭喊揮了揮翅，示意要這一隻。他昨天吃了一隻紅鳥蛋，今天想換個口味。廚子拿出一把長針狀的刀子，邁步向前。特耐特咕噥著指向一點。唑的一聲，針刀插進了鳥蛋。等骨頭喊把刀拔出來時，蛋殼上露出一個小圓洞，從洞裏還溢出了一點兒蛋清。廚子在調料袋裏摸了一陣子，往洞裏撒了些檸檬汁、蔥粉、歐菜末、胡椒粉等等，然後小心翼翼地往洞裏插進一個小匙子，慢慢地攪拌著，生怕磕壞了蛋殼。特耐特似睡非睡地看著這一步步的程序。骨頭喊做完後鞠了一躬，拿著所有的工具退出房間。過了好一會兒，特耐特才把嘴巴插進了鳥蛋的洞裏。他半閉著眼慢慢地吸著。

此時，鷹王感到有一點兒睏了。他唧唧地吸乾最後一滴蛋汁，慢慢地舔了舔嘴巴。特耐特希望他的感冒快一點兒好。他不知不覺地睡著了，頭還枕在空蛋殼上。他夢見了過去。

那是不久以前，他剛開始打算建造一座堡壘來安置部隊，儲藏偷來的鳥蛋。他知道他需要許多新奴鳥。

他從書架上拿下幾幅捲著的地圖鋪開，想找下一個他要進攻的部落。他上下掃視了一眼，最後在羅克威爾河附近找到了一個理想的部落——水荊部落。那是鶇鳥的部落！他們一定可以成為好勞力。

那天晚上，特耐特開始謀劃進攻的方案。

第二天早上，他左翼後帶著五十隻烏鴉，右翼後帶著五十隻渡鴉，向羅克威爾河的方向飛去。在距離目標半英里時，他們分成了兩組。特耐特的計畫是讓一些鳥兒正面進攻，把水荊部落的勇士都引出來；剩下的士兵乘機佔領部落的營地，抓那些留下的鳥兒為奴。

起初，一切都按計畫進行得非常順利。讓特耐特高興的是，水荊部落有許多能幹活的鳥兒。他親自指揮隊伍攻打營地，另一半士兵正與部落的勇士展開激戰。突然，特耐特從眼角的餘光中注意到一些水荊部落的鳥兒飛到樹冠上，其中有一隻用嘴巴銜起一個發光的小東西。特耐特並沒有把這事放在心上。這時，他的士兵已經包圍了十幾隻鳥兒，其中大多數是幼鳥和孵蛋的雌鳥。士兵們忙著去捆綁他們的翅膀，並跟少數幾隻反抗的鳥兒打了起來。

可令特耐特吃驚的是，有些鳥兒開始唱歌。其他的鳥兒在寡不敵眾的形勢下仍然勇敢地與特耐特的士兵戰鬥著。特耐特又注意到那個發光的東西。此刻，它更亮了。它發出的光直穿雲霄。這是什麼愚蠢的鬼把戲？

剎那間，一道明亮的光線像閃電一樣掃過森林。特耐特四處張望。天空中沒有陰雲，卻出現了一隻巨鳥。那是純白色的鳥兒，像雪，像雲，像海浪濺起的泡沫花兒。他爪持長劍。讓特耐特驚詫的是，這隻鳥兒可比他大多了！

「放了水荊部落的鶇鳥！」巨鳥大聲說。

什麼？就因為這隻巨鳥的一句話就

把費了好大勁兒才抓到的奴鳥放了？沒有誰能阻止特耐特幹什麼！

特耐特怒視那隻巨鳥，吼道：「你以為你是誰呀，竟敢用這種口氣跟我說話？」

白鳥沒動，繼續平靜地說：「放了鶇鳥！」

特耐特火了，他是大王，是暴君！這隻鳥應該在他面前磕頭，而不是命令他。「不行，滾開！」特耐特狂笑道，

揮爪把向他撲去的一隻鶇鳥掃到了一邊。

「不放——？」白鳥拉長聲音質問道。

特耐特沒有回答。轉眼間，白鳥竭力展開翅膀，舉劍向他一指。又是一道閃光。特耐特痛苦地尖叫著。一時間，他感到他的左眼像著了火，那是一團永不熄滅的火。他再用左眼看東西，眼前只是一片黑暗。特耐特明白他低估了白鳥的本事。他左眼看不見了，所以打不了了。倘若他的右眼再被弄瞎那可怎麼辦？他掉頭領著烏鴉和渡鴉逃走了。

他抓到的所有奴鳥都飛了，只帶回來一隻瘦弱的鶇鳥。這隻鳥目光炯炯，腿長而敏捷。他叫密爾頓。然而，他換來這隻鶇鳥的代價也太大了。特耐特瞎了一隻左眼不說，還上犧牲了八十四個士兵的生命。

鷹王猛然驚醒，又做那個老夢了。他頓時怒火沖天，用爪子捏碎了身邊的蛋殼。奴鳥！他想。他們是禍根。等黏嘴一回來，就派他去巡查奴鳥的營房，看看別出什麼亂子。總之，還是多加小心為妙。

勝利是甜蜜的，
但是我們必須記住換來勝利的犧牲。
——《古經》

第十二章

勝利之後

蘋果嶺的上空一片漆黑，但紅、藍鳥兒卻彷彿看到了曙光。他們打了勝仗，而且傷亡很少。

「哎呀，」派麗看到白綠相間的熱氣球被射得不像樣子，氣憤地說，「即使氣球上有一個小窟窿，修補起來也需要幾天，更別說有這麼多的窟窿了。這少說也得等一星期後才能起程啊！」

在餐桌旁，羅皮爾用手帕捂著嘴巴，哭哭啼啼地說：「唉，這些好吃的全被毀掉了喲！」

不遠處，紅、藍鳥兒的首領火焰背和天獅正坐在一條凳子上說著話。

火焰背說：「你猜我在想什麼，老朋友？」

「想什麼？」

「這不會是最後的戰鬥。那些烏鴉和渡鴉還會來的。

我們要團結起來保衛石頭跑森林。」

藍鳥首領輕輕地拍了拍火焰背的肩膀說：「是的，我們會的。」

戰場上七橫八豎地躺著幾具烏鴉和渡鴉的屍體，血跡斑斑。此外，還有幾具紅、藍鳥兒的屍體，安詳地躺在那兒，他們的靈魂已進入了天國。當然還有灑在草地上的豆子湯，糊在樹上和椅子上的派餡，以及到處散落的果仁。

幾組紅、藍鳥兒的營救隊抬著擔架在戰場上搜尋著。一些鳥兒在附近提著燈籠，燈籠在黑暗的原野上閃動著，像是天上的星星。

除了偶爾傳來鳥兒的竊竊私語聲，整個蘋果嶺迴響著蟋蟀無憂無慮的鳴叫聲。雖然沒有歡慶勝利的音樂，但是有蟋蟀的吟唱，也就足夠了。

格來耐走進書房，捂著嘴打了一個哈欠，關上了樹枝做的門。今晚發生的事兒總是縈繞在他的心頭：不是偷襲，而是別的事。

劇中的那些鳥兒呼喚劍鳥，他就來了。老藍鳥想，我的直覺告訴我，那些烏鴉和渡鴉還會來的。等他們下次再來時，我們就未必有這麼幸運了。我們怎樣才能找到呼喚劍鳥的正確方法呢？

他順爪從書架上拿下一本書：《古經》第二卷。他翻開書的開頭——翼哥的日記時，書頁嘩嘩作響。

晚冬，「雪花之日」

當漫天飄起雪花時，我們開始了遠征。

我是啄木鳥翼哥，是安東尼．弗恩和普莉姆羅絲的兒子。既然大多數鳥都叫我翼哥，我就用這個名字吧，並把它作為我唯一的名字。這不奇怪，因為它很配我，我愛好飛行。見到我的鳥兒都說我個子不大，骨瘦如柴，卻長著一對異常大的翅膀。我想他們說得對。我總覺得我的大翅膀天生有大用場，所以當我聽說風聲要遠征尋寶時，我毫不猶豫地加入了！

早春，「迎春花之日」

風聲說什麼探尋都要經歷萌芽、開花和結果三個階段。我們的尋寶之旅到目前為止進展得很順利，用風聲的話說，我們的尋寶旅程已處於開花階段；而且，花兒開得很豔。

我們的尋寶之旅是為了找到世上的七顆麗桑寶石，啟動它們的神力，然後再去尋找一把柄上嵌有第八顆麗桑寶石的寶劍。隊長風聲要尋找這把劍，是因為他母親囑咐他這樣做的。儘管風聲從來沒有見過他父親，可母親告訴他，他的父親一直在關注著他。就這樣，我們一行三鳥出發尋找寶劍去了。

早春，「英雄之日」

什麼造就了英雄？勇敢、力量、本領和一顆為正義而戰的心。

風聲常說他要驅惡護鳥，做一個英雄。其實，他並不是在說大話。他的確長得像英雄：威武、矯健，目光炯炯。他也有當英雄的本領：不但劍術超群，而且聰明、好學，關心他鳥。這種氣度讓烏鴉見了驚慌逃竄，讓雨見了似乎能變小。正是這種氣度使我認識到：如果風聲能找到麗桑寶劍，森林裏一定會變得更加美好、更加安寧。

很累，不能再多寫了。風聲，我們的英雄，祝你成功！

格來耐不願合上書。這本書引起他極大的興趣，因為日記的作者翼哥是風聲的同伴。幾個季節以後，風聲成了真正的英雄——劍鳥。

劍鳥——這個詞在老藍鳥的大腦中迴盪。他似乎想起了什麼事，對了，是天獅說過的話：劍鳥能幫我們解圍的。

老藍鳥一邊想一邊把頭插進了左翼的羽毛裏。在《古經》的什麼地方，一定有呼喚劍鳥的歌。他會找到的。然後，只要他們再找到一顆麗桑寶石，他們就能求助劍鳥了。劍鳥一定會來的。

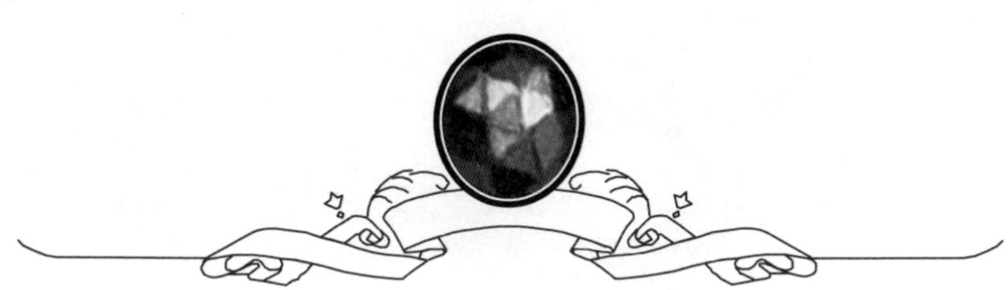

砸碎翅膀上的鎖鏈，我們要飛。
不管希望多麼渺茫，我們絕不放棄。
很快我們就不再是奴隸。
我們將快樂地飛向永恆的自由。
如今我們在恐怖的黑暗中艱難行走，
只有星星作伴，然而自由已越來越近。
左一爪，右一爪，走過茫茫的黑夜，
曙光就在前頭。
自由終於來了，自由終於來了……
歡樂吧，痛苦的日子已經過去。
——《古經》中的歌

第十三章

出逃

午夜很快到了。上半夜站崗的營房看守回去睡覺了，下半夜的看守換崗不久就被射死了，喉嚨裏插著飛鏢。「射得好！」密爾頓向格里坡稱讚道。奴鳥們踏過看守的屍體，逃出了營房。

格里坡在前面帶路。他抬頭看了看天空，看見幾片陰雲。「好，月光不明不暗，正適合我們逃跑，這樣哨兵也難注意到我們。」正想著，他轉過頭，看見密爾頓向他蹺了蹺翼尖，表示他已經把假鳥安置好了，後面的奴鳥們也沒什麼事。格里坡點點頭，然後開始匍匐前進。

奴鳥們在碎石瓦礫上爬行著，碎石尖刮破了他們的身體，他們全然不顧，一聲不響地爬著。

格里坡很快來到了垂柳樹下。他和密爾頓首先幫助年老、體弱的鳥兒爬上樹，再跳到儲藏室的房頂上。等後面

的鳥兒都跳過去以後，格里坡和密爾頓又檢查一下，確信沒留下什麼痕跡後，才盪了過去。

「我們現在就下手。」格里坡低聲對提樂斯說。

格里坡、密爾頓和兩個燕雀兄弟爬下儲藏室的房頂，悄悄地落到地上。他們用爪尖著地朝大門走去。那兒有兩個門衛，一個在迷迷糊糊地打著盹兒，另一個用帽子蓋著眼睛。

密爾頓左右擺了擺爪子說：「格里坡，你跟我襲擊歪肩膀，你倆對付大帽子。記住：不要弄出任何聲音；用布堵住他們的嘴巴。」

三隻鳥兒點了點頭，各就各位，等待著出擊。

密爾頓從陰影裏跳出來，向歪肩膀撲了過去。歪肩膀一下子被壓得背過氣了，連一聲都沒喊出來。格里坡從後面逼了上去，把一塊破布塞進歪肩膀的嘴裏，緊接著又踢了他一爪，把他踢暈了。

與此同時，一個燕雀兄弟衝了出來，一拳打在大帽子的臉上，隨後另一個兄弟又照著大帽子的肚子狠狠地踹了一爪。大帽子一聲沒吭就倒在了地上。

四隻奴鳥把哨兵的衣袋翻遍，找到了鑰匙，之後他們把兩隻昏迷的黑鳥綁起來，再讓他們靠在門柱上。遠遠看上去，這兩隻黑鳥像是在那兒休息似的。

密爾頓把鑰匙插進鎖孔一擰，啪的一聲鎖開了。

四隻鳥向其他的奴鳥發出信號，讓他們過來。奴鳥們從儲藏室的房頂上跳下來，弓著腰，三三兩兩地朝大門這邊小跑過來。

很快，奴鳥們走出了陰森堡壘的大門。

奴鳥們在陰影裏向北行進。他們誰也沒有回頭去看這座噩夢般的陰森堡壘，一次都沒有。

密爾頓感到耳朵裏的血管在跳動。要自由了。他想，心頭不禁一陣興奮。

淡淡的月光照在奴鳥們的身上，深情地為他們引著路。樹影與他們形影不

離，一路掩護著他們。

過了一會兒，有幾隻鳥鼓起勇氣說話了。

「我們走多遠了？」格里坡問密爾頓。

「我猜沒走多遠。」密爾頓低聲答道。除了奴鳥們偶爾踩在乾松針和草葉上發出嘎吱、嘎吱的響聲以外，他們沒有弄出一點兒別的聲音。午夜的微風把泥土和松針散發的氣味吹進奴鳥們的鼻子裏。

蟋蟀在不遠處輕輕地唱著歌兒。它們好像在唱：「自由，自由，自由……」

奴鳥們的心跳緊緊地和著蟋蟀歌唱的節拍。

自由，自由，自由……

「停！」密爾頓突然低聲對後面的奴鳥說。他們趕忙踉蹌地停了下來。

「有鳥來了！」

奴鳥們全嚇得一動不動，只有眼睛還在轉動。是的，在不遠處，傳來風兒鼓動翅膀和爪子踩壓樹葉的聲音。那聲音越來越近兒。

「別動。一定是黏嘴和他的士兵！」格里坡輕聲說。

奴烏們都低下身，靜如磐石，他們都希望灌木叢和陰影能遮掩住他們。大家屏住呼吸，甚至擔心心跳聲會被烏鴉和渡鴉聽見。

烏鴉和渡鴉越來越近了。忽隱忽現的火光表明有些士兵還拿著火把。奴烏們幾乎可以看見黑暗中那一雙雙閃著邪光的眼睛。最先過去的是幾隻烏鴉和渡鴉，接著一隻又一隻，還有幾隻從天上飛了過去，幾乎每個士兵都拿著長矛。從他們身上飄來一股豆子味，還混雜著血腥和羽毛燒焦的氣味。儘管只有大約三十幾隻烏鴉和渡鴉，可對於奴烏們來說，這支隊伍好像長得沒有盡頭。等了似乎好長好長的時間，他們才盼到最後一個士兵——一隻爪子裏拿著刀子、瘦得皮包骨、長得很邪的渡鴉走了過去。

密爾頓鬆了一口氣。危險過去了。

就在這時，提樂斯忍不住咳嗽了一聲。他馬上把嘴巴插進胸口的羽毛裏，

試圖捂住聲音，可是太晚了。那隻瘦渡鴉回過頭，把刀子拋向聲音響處。長長的刀片在空中打著旋兒，反射著月光，一頭扎在提樂斯所靠的那棵樹的樹皮上，離這隻老鳥的喉嚨只有一英寸的距離。沒有一隻鳥兒動彈一下。

渡鴉瞇了瞇眼，掃視了一下黑暗處，迅速朝提樂斯走過來。他的爪聲是黑夜裏唯一聲音。

他在藏著格里坡的那片灌木叢前停下來，格里坡把身體壓得低低的，頭都頂著了地面。其他的奴鳥們都為格里坡捏著一把汗，可又幫不上什麼忙。渡鴉左右審視著。密爾頓藏在幾爪遠的一棵榆樹的陰影裏。他盡量不弄出響聲，小心翼翼地撿起一塊圓石頭，站起身。四周寂靜無聲。他猛地把石頭盡可能地向遠處拋去，然後迅速俯下身。

石頭砸在脆樹葉上的聲音引起渡鴉的注意。他急忙轉身，朝石頭落地的方向跑去。那邊離奴鳥們很遠，自然，他什麼也沒發現。

渡鴉自個兒號叫了一陣，最後看了看奴鳥們藏身的樹木和陰影，然後一路小跑著追趕黏嘴的其他士兵去了。不一會兒，他的背影變成了一個小黑點兒。

黏嘴和他的士兵終於來到陰森堡壘的大門前。這場面真夠慘的：一半士兵跳著、走著、跑著；另一半士兵飛著。上尉清楚他要遭大殃了。他出戰時率領了大約五十個士兵，可回來時只剩三十幾個了。

通常，黏嘴是從大門上飛進堡壘的，但是這一次因為翅膀上黏著豆子湯飛不起來，所以只好叫另一邊的門衛開門。「你們在那兒嗎，把大門打開！」黏嘴叫喊著。沒有任何反應。「門衛，別睡了！你們聽到了嗎？」

上尉看了看大門，見門開了一道縫。他推開大門，看見門衛都被綁起來，神智不清。

「他們——奴鳥！」上尉氣憤得連話都說不好了。他立刻跑去檢查奴鳥的營房。

黏嘴衝進氣味刺鼻的奴鳥營房，剛一進門就被一個軟綿綿的東西絆了一個

跟頭。他低頭一看，是看守的屍體！黏嘴嚇壞了，他站起身，四下看了看，模模糊糊地看見營房裏有一些鳥狀的東西，但不對勁的是，屋裏太靜了，靜得出奇。

「懶鬼，都起來，跟我走！」沒有鳥兒答話，只有他話兒的回音。黏嘴拉開一個奴鳥的床單，發現床單下面竟是一隻假鳥。他氣得直吼，看守臭蟲眼也不在附近。

「士兵們，使出你們的本領，去找那些奴鳥！抓不回來的話，就用你們的皮做幾雙鞋子！快去！快飛呀！你們這些廢物！」黏嘴命令道。

士兵們迅速朝不同的方向飛去，在陰影中搜尋，聆聽動靜。

黏嘴趕緊擦乾翅膀，帶領幾個士兵往前飛了一段路才落到地上搜尋。一個士兵看見不遠處有一些移動的影子。「那些影子是什麼？」另一個提著燈籠的士兵問。

那些影子移動得很快，黏嘴衝向它們，喊道：「快！抓住奴鳥！」

當格里坡聽到追兵大喊大叫時，他當機立斷，對密爾頓說：「我來掩護，你帶隊走，別猶豫了。快走！躲藏已經沒用了。」

奴鳥們拼命地跑了起來。箭嗖嗖地從他們的耳邊飛過，一些奴鳥不幸被箭射倒在地。

黏嘴向士兵們大嚷道：「士兵們，飛到前邊包圍奴鳥！一個也不能叫他們跑了，誰給漏掉了，我就扒誰的皮，送他去見閻王！」

士兵們立刻服從命令，黑鴉鴉地在空中布好了陣勢。不一會兒，四下裏就傳來了奴鳥被阻、被抓、被殺的尖叫聲。

突然，密爾頓感到肩膀一陣疼痛，回頭一看才知被箭射中了。他的臉上露出痛苦的表情。儘管傷口疼痛，密爾頓借著微弱的月光，看見了一片茂密的灌木叢。他左右看看，見沒有鳥兒注意他，就像影子一樣，隱沒在灌木叢中，蜷縮在那兒等待著。他用沾滿血的爪子捂住肩上的傷口，感到有一點兒喘不過氣

來。身後傳來同胞們的慘叫聲，他閉上眼睛，開始深呼吸。儘管密爾頓想出去與他們並肩戰鬥，但是本能告訴他：他應該待在那兒，以便尋找愛絲卡的部落。漸漸地，喊叫聲消失了，密爾頓睜開了眼睛。

此時的夜萬籟俱寂，蟋蟀也停止歌唱，只有密爾頓微弱的喘息聲打破這死一般的寂靜。他感到傷口在流血。不，我不能待在這兒，這兒很危險！密爾頓握住插在肩上的箭，用力把它拔出來。他強忍著疼痛站了起來，一瘸一拐地向北走去。血順著身體的右側往下流著。他撿起一片闊葉草的葉子壓在傷口上。

他不知道走了多久，只知道一步比一步疼痛。他大腦裏的血在跳動，幾乎要把他的腦袋跳裂了。萬千思緒在他的腦海裏翻騰：格里坡和提樂斯……愛絲卡和她的部落……陰森堡壘……自由……和平……

突然，密爾頓被一塊石頭絆了一下，面朝地倒了下去。他倒在那兒，雙目緊閉。唉，他太累了。他的肩傷痛得要命。儘管他的腿還在亂蹬，好像在跑，可是他還是躺在原地。血在他右側的身體和右翼上凝固了幾層。儘管筋疲力盡，他還是掙扎地站起來。疼得太厲害了，眼淚都被擠出來了。他艱難地喘著氣，稍稍抬起頭，隱隱看見一個部落的影子。他累了，太累了。黑暗佔據了密爾頓的大腦。「自由！」這是他昏迷之前想要喊出的最後一句話。

我們起程向山頂飛去，
那兒有什麼我們並不畏懼，
什麼也不能阻擋我們繼續前進，
直到我們到達嚮往之地。
願風鼓起我們的翅膀，
讓我們順利地完成尋寶之旅。
——《古經》中的翼哥日記

第十四章

麗桑寶石

密爾頓呻吟了一聲，慢慢地睜開眼睛。「密爾頓！」他聽見有鳥在叫他，等他認出是愛絲卡時，他的臉上浮現出一絲笑容。「愛絲卡……」他的聲音十分虛弱。愛絲卡見密爾頓滿臉迷惑的神情，就開始向他解釋。

她順著樹杈指著遠處的一個地方說：「我們部落的鳥兒是在銀溪的西北岸看到你的。當時你昏迷不醒，我們就把你抬到這兒，去叫鳥醫了。我正等著他快一點兒到呢。哦，既然你逃跑了，那老鷹無疑會再來找麻煩的。」

聽到這兒，密爾頓不顧傷口的劇痛，驀地坐起來說：「我得馬上走！」

就在這時，鳥醫和格來耐走了進來。他們迷惑不解地看著這隻鶇鳥。

「你去哪兒呀？」愛絲卡急忙問。她以為密爾頓有一

點兒神經失常了。

密爾頓揉了揉眼睛，歎息道：「回家，回我的水荊部落去。我必須走！那顆紅寶石……」

「什麼寶石？怎麼回事？」

密爾頓想挺直身體卻挺不起來，但是他的眼睛卻變得更加明亮，他似乎能看到別的鳥兒看不到的東西。「我必須走……我的朋友們——那些奴鳥們，他們需要那顆寶石……你的部落也需要……我必須走！那顆紅色的麗桑寶石啊！讓我帶你們去借來那顆寶石好呼喚劍鳥！」密爾頓停了一下，喘著粗氣。他的聲音變得有一點兒模糊不清了。「呼喚他！讓劍鳥來吧！」剛說完，受傷的鶇鳥就癱倒在床上，他已經筋疲力盡。

愛絲卡先是沉默了一會兒，然後慢慢地把頭轉向長者格來耐，眼裏流露出迷惑不解的目光。

老藍鳥神情恍惚，好像見到了神一樣，眼裏閃著光芒。他咕噥道：「麗桑

寶石！神的無價之寶！」他望著天，臉上現出了微笑。

鳥醫正在給密爾頓檢查身體，當他回頭看到格來耐的樣子時，大吃一驚。「您在嘀咕什麼呢，格來耐？」他一邊說一邊從醫藥包裏取出繃帶，「什麼『麗桑寶石』、『劍鳥』的？」

愛絲卡看上去也很困惑。

「哦，我的朋友，你難道不知道嗎？要讓劍鳥到這兒來，我們得學會呼喚劍鳥的歌，另外，還需要一顆麗桑寶石！可是，傳說地球上的只有七顆這種寶石，還有一顆在劍鳥的劍上！」

愛絲卡恍然大悟。「您是說，密爾頓的家族——水荊部落有一顆麗桑寶

石！」

鳥醫停止了檢查，抬起頭，迎著格來耐興奮的目光，說：「這麼說，我們可以對付特耐特了！」

格來耐笑了。「現在還不行，我的朋友！但是很快會的！」他用翼尖撫摩著密爾頓的肩頭，輕聲說，「謝謝你，密爾頓！一會兒開會，大家聽到這個消息該會有多高興啊！」

會議是在密爾頓的屋子附近舉行的，那兒有一根彎成橢圓形的樹枝，重要的鳥兒們都棲息在上面。樹枝的許多小杈填滿了橢圓的空心，鋪上桌布後，便成了一張天然的會議桌。

格來耐來到會場時，早已等在那兒的紅、藍鳥兒們正熱烈地議論著。「女士們，先生們！我找到對付老鷹的辦法了。」他說著雙翅展開，會場上頓時鴉雀無聲，鳥兒們的眼睛都盯著格來耐。「唯一可以讓我們趕走老鷹、並生存下來的辦法就是呼喚劍鳥！」

紅鳥首領火焰背急切地說：「是啊。既然大多數鳥兒都認為特耐特會發起第二次進攻，我們真的別無選擇了。我們必須盡全力阻止他再次破壞石頭跑森林。為了這個，我們得學會呼喚劍鳥的歌，還要找到一顆麗桑寶石！」

「我正在查找這首歌呢。」格來耐說。

「可是那寶石呢？」紅鳥首領繼續說，「我的劍鳥啊，我們上哪兒能找到那顆罕見的寶石呢？」

格來耐微微一笑。「啊，我正要說到這一點。我們的朋友，鶇鳥密爾頓，知道上哪兒去弄到這顆寶石。」

「從哪兒？」與會的鳥兒們異口同聲地問。

「他的家族──白頭山南邊的水荊部落，有一顆。」

會場又安靜了下來。外面，颳起了大風，樹葉沙沙作響。

「我們必須派鳥兒飛過白頭山，借來麗桑寶石。」藍鳥首領天獅嚴肅地

說，「這件事兒並不容易。那兒的山又高又荒涼，而且斯克拉克斯劫匪們常常在那一帶兒出沒。我們必須派一些能奮不顧身地保護麗桑寶石的鳥兒，一些能忍受幾天的饑渴的鳥兒。」

「可不是嘛，」鳥兒們議論著。

「讓我去吧。」柯迪認真地說，「我願意為石頭跑森林做任何事。」

「我也去。」布朗特說，「兩隻鳥兒總比一隻鳥兒力量大。」

「他們倆真是好樣的。」鳥兒們互相說。

「是啊。」

正在這時，空中突然傳來一個聲音。「不，我去！」愛絲卡叫道，她的眼睛裏閃爍著堅毅、勇敢的光芒。她走進了會場，看著默不作聲的與會鳥兒們。

格來耐轉過身，十分吃驚。「為什麼呢，閨女？」他搖了搖頭，上下打量著愛絲卡，「你能克服白頭山上的危險嗎？乾糧沒有了，你受得了饑餓嗎？你能熬過旅途中艱難的日子嗎？」

愛絲卡微微低下頭。「我能。」她輕聲說。

她突然挺起胸脯，眼睛睜得大大的，充滿了對石頭跑森林的愛。她越說聲越大。「我能！我雖然是一個女孩，但這並不意味著我不能忍受痛苦，不能克服困難。應該去的是我！瞧，這兩個身強力壯的勇士都很願意去，可他們不應該去，我們需要他們留在這兒，石頭跑森林需要他們留在這兒！如果他們走了，誰來保護我們老弱病殘的鳥兒呢？誰來阻擊特耐特可能發動的第二次進攻呢？他們是石頭跑森林的保護者！在這個非常時期，他們怎麼能離開呢？我完全能借來麗桑寶石！再說，密爾頓要和我一起去，他路熟。」愛絲卡一口氣說完了這一連串的話，喘著粗氣。她看看這隻鳥，又看看那隻鳥。

大家沉默了許久，之後，先是響起了拍翅聲，漸漸地，又響起了雷鳴般的讚歎聲。大家被愛絲卡的話感動了，不少鳥兒流下眼淚。

「說得好，孩子，說得好！」天獅說。

柯迪和布朗特也表示贊同。

「我們明天就走！」一隻剛進來的鳥喊到。

大家回頭一看，是密爾頓步履蹣跚地走了進來。大家又是一陣沉默。

愛絲卡把請求的目光投向天獅。

天獅略微遲疑一下，說：「好，你們可以去。愛絲卡，密爾頓，我代表大家把這個重任交給你們了。但是明天不行，密爾頓還需要一兩天的時間恢復一下體力。」

愛絲卡頓時感到心在空中翱翔。她想：我一定能行！

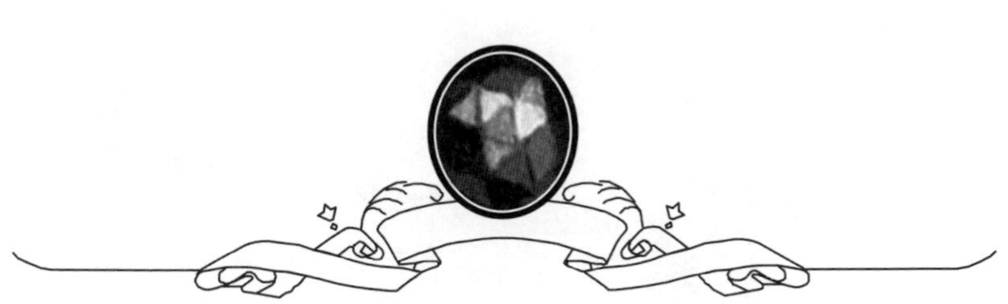

我從來沒見過任何類似白頭山的山峰！
它們叫這個名字是因為山頂上總是雲霧繚繞，
在遠處是看不見山頂的。
儘管依稀可見的部分覆蓋著針葉林，
山頂卻是一個不毛之地。
山裏住著什麼生靈？我說不準。
當我問一隻住在白頭山附近的鳥兒時，
他回答說：「怪物。」
——《古經》中的翼哥日記

第十五章

飛越白頭山

白頭山的山頂是一個可怕的地方。稀疏的樹木在雲霧中看起來像是鬼魂似的。愛絲卡和密爾頓早上剛上山時還挺自信的，可是現在他們也不禁懷疑起自己能否闖過這個難關了。

「唉，我什麼也看不清。」愛絲卡瞇著眼睛看著遠處的黑影，「那是什麼？是一棵樹？是一塊巨石？還是別的東西？」

密爾頓聳了聳肩，說：「誰知道呢？避開它就是了。」於是兩隻鳥兒避開陰影，繞道而行。他們以前從來沒有看見過這樣濃的霧；周圍的一切像是被乳白色的輕紗籠罩著。

他們默默無聲地飛著。密爾頓全然不顧翅膀的疼痛，穩健而有節奏地扇動著雙翅，但是他的心卻在怦怦直跳。

愛絲卡不敢說話，她一心只顧快飛。一段時間過去了，儘管只有幾分鐘，可這幾分鐘在他們看來像是幾個小時那麼漫長。終於，密爾頓開口說話了。

「我……我覺得我的大腦好像在作怪。我怎麼什麼也沒看見呀！」他說的不完全對。他們當然沒有看見任何可疑的東西，然而，在濃霧裏他們又能看見什麼呢？

愛絲卡勉強笑了笑，說：「但願確實什麼也沒有，密爾頓。我一點兒都不喜歡這個地方。你還記得天獅的話嗎？現在也許就有一隻可怕的紅眼睛斯克拉克斯匪鳥可能就在我們後——」

「行了，行了！咱們別自己嚇唬自己了……」

他們沉默了。偶爾，他們能看到遠處有一些稀奇古怪的影子，等到飛近時，才看清楚是一些變形的枯樹或是一些很前以前山崩留下的岩石。

山頂上沒有風兒吹過，也沒有樹葉沙沙作響。實際上，即使有風，而這一帶根本就沒有能被風吹動樹葉的樹，因為只有針葉樹和枯樹，它們和山脈一樣古老、僵硬。山頂上沒有草，有的只是厚厚的苔蘚，覆蓋在凹凸不平的岩石上。潮濕的空氣慢慢下沉，在苔蘚地上形成一顆顆水珠。在山頂的低凹處，有無數小水窪，有的小如盤子，有的大如水盆，它們像鏡子一樣映著濃霧，沒有漣漪，也沒有鳥兒的身影。

不多時，他們飛到一個峽谷中，這兒景象既恐怖又壯觀。因為有霧，他們看不清峽谷的全貌，但峽谷的邊緣和四周空曠的感覺足以讓他們產生敬畏之情。

突然，愛絲卡變得神情緊張起來。

密爾頓立刻向四周看了看，問道：「怎麼了？」

「我，我聽見了聲音，有節奏的，越來越近……」

「什麼?我怎麼沒聽見?是你想像出來的——」

愛絲卡打斷了鶇鳥的話：「不是。你別像瘋鳥那樣扇翅兒，飛慢一點兒，現在聽見了吧？」愛絲卡面帶懼色。

密爾頓睜大了眼睛：「嗯，聽見了。哇，在喊……」

遠出傳來連喊帶唱的聲音，越來越近了。很快他們被喊叫聲包圍了，那聲音在霧中迴盪著。

「斯克拉克斯，斯克拉克斯，殺、殺、殺！拿出錢財，不然就殺！」

密爾頓把翅膀扇得更快了。因為有霧，他們沒有注意到斯克拉克斯匪鳥已經緊緊地包圍他們，他們無路可逃了。這些匪鳥們很快飛到了他們近前。

「咱們倆什麼錢財也沒有。」愛絲卡說。

「斯克拉克斯，斯克拉克斯，殺、殺、殺！有什麼拿出什麼，不然就殺！」他們陰沉地大叫著。這時，愛絲卡才看清楚這些斯克拉克斯鳥原來是一些大寒鴉，他們穿著綠色螺旋花紋的蛇皮馬甲，有些還繫著頭帶。

密爾頓暗中數了數這些匪鳥，然後睜大眼睛焦慮地說：「匪鳥至少有十幾隻呀，我們寡不敵眾，愛絲卡！要逃跑，只能向上飛。」

「但是上邊空氣稀薄，還不憋死了！」

「只有這條路了。」密爾頓嚴肅地說，「拿著，你用這把花劍，我用輕劍。要是打散了，你也別怕，只管飛。」

於是，他倆拿著武器向上飛去。斯克拉克斯寒鴉緊追不捨，大聲地吼叫著，試圖擋住愛絲卡和密爾頓的去路。他們用長矛刺向這兩個過客。密爾頓的背包被刺中了，裏面的東西掉了出來。他失去平衡，打著旋兒朝幾隻貪婪的寒鴉落去。匪鳥們向他逼近了，用長矛瘋狂地向他刺去。密爾頓拼命地揮舞著輕劍，盡可能地多抵擋一些刺來的長矛。然而，他堅持不了太久。愛絲卡用花劍擊退一隻斯克拉克斯匪鳥，然後吼叫著飛了下來。她使出全身力氣揮舞著花劍，砍向敵人的臉，並依仗著靈巧的身體在矛尖中穿梭、拼搏。密爾頓藉機恢復了平衡，他們再一次向高空中飛去。

「屏住呼吸向上飛，」密爾頓喊道，風吹得他的羽毛嗚嗚作響，「再高點。」他們越飛越高。斯克拉克斯鳥們窮追不捨，仍然喊著：「殺！殺！斯克拉克斯，殺！」不管他們飛得多高，斯克拉克斯匪鳥總是緊跟在後面。愛絲卡

上氣不接下氣，胸悶得很，稀薄的空氣幾乎讓她窒息了。

「向下飛！」密爾頓沙啞地叫道。於是，兩隻鳥兒又俯衝而下，揮著武器。愛絲卡傷得不重，只是背上受了一點兒輕傷，還有其他一些小傷痛，可密爾頓渾身上下卻是血淋淋的。憑著俯衝的速度，兩隻鳥兒逃離了匪鳥。然而，這只是暫時的逃離。很快，斯克拉克斯鳥又跟上來了。

「愛絲卡，」密爾頓上氣不接下氣地說，「跟我來！快！」

「什麼！為什麼——？」

「別問了，你會知道的，就跟在我後面！」密爾頓迅速朝來時的方向飛去。愛絲卡緊跟著，有點兒納悶。為什麼當他們快要到達山的那一邊時卻掉頭往回飛呢？斯克拉克斯匪鳥在後拼命地追著。

密爾頓回頭看了看，喊道：「給你這個，寒鴉！」他一邊喊一邊從破背包裏拽出一個大糧袋，盡可能地向遠處拋去。

匪鳥們驀地向袋子衝去，爭著，喊著：「我的！我的！」

密爾頓繼續飛著。猛然，在鶇鳥和藍鳥的身下又出現了一道峽谷。他們一個急轉彎，俯衝而下，消失在迷霧中。「貼著崖邊飛！」密爾頓低聲說，「快！斯克拉克斯匪鳥馬上就會跟上來的！」

密爾頓向四周看了看，然後把目光鎖定在峽谷邊的懸崖上。

「這兒！」密爾頓催促著說。他猛地向崖壁上的一個縫隙中飛去。縫隙剛好能容下他和愛絲卡，裏面很乾，到處是灰，而且很暗。

霧顯然對愛絲卡和密爾頓很有利。斯克拉克斯匪鳥根本看不見他們追擊的目標上哪兒了。鶇鳥和藍鳥緊緊地靠在一塊兒，全神貫注地聽著外面的動靜，直到喊聲消失了。

密爾頓這才鬆了一口氣說：「這下好了。」

「小心！」愛絲卡猛地叫道。

一隻年輕的瘦寒鴉比其他匪鳥都仔細，他一直不停地在這一帶兒轉悠，搜尋著任何可能的藏身之處。現在他把頭和一隻爪兒伸進了縫隙中，用喙啄著密爾頓的尾巴。「把你的東西給我！」匪鳥尖叫道。

鶫鳥轉過身，舉起輕劍，劍尖在寒鴉的兩眼間重重地劃下。他突然發出一聲慘叫，身體一沉，開始往縫隙外移動。剛移到外面，他那不聽使喚的身體就拉著他向下墜去。

但是在他下落時，他的爪子還緊緊地抓著密爾頓的短上衣。這隻寒鴉拉著密爾頓，穿過迷霧，逕直墜落下去。

「愛絲卡！」鶫鳥的叫聲在空中迴盪。之後傳來的是砰的一聲令人心悸的落地聲。

密爾頓醒來時，他感到渾身疼痛，連睜眼睛都痛。他慢慢地轉動著腦袋，向四周看了看。原來他是在山洞裏！他的右邊是洞口，左邊生著一堆火，火堆旁站著愛絲卡。

因為鑽心的傷痛，他又呻吟了一聲，說：「發生了什麼，愛絲卡？我這是

在哪兒？我只記得我墜落了，別的什麼也記不得。」

愛絲卡點點頭，說：「是的，你摔了下去，喊著我的名字。我的心都快要提到嗓子眼兒了。我不忍心去看你摔得粉身碎骨的樣子。」

密爾頓虛弱地笑道：「可你還是去看了，是不是？」

「是的。你根本沒有摔得七零八碎的！看到你還完完整整地躺在那兒，活著，我別提多高興了。你落在那隻斯克拉克斯匪鳥的身上。我把你搬到這個峽谷下的洞裏。後來就下雨了。你瞧，現在雨小了。」

「可是……我猜我們乾糧也沒了。」

愛絲卡難過地點了點頭。

他們靜靜地聽著外面淅瀝的雨聲。

「該讓邪惡附上顏色了。」
他嘶啞地嘀咕著，
眼裏冒著怒火，
「紅色象徵血和火焰；
黑色象徵陰影和黑夜。」
——《邪經》裏的故事

第十六章

怒火

特耐特的脾氣變得越來越壞。看到黏嘴敗陣而歸，他怎能不發火呢？上尉看上去活像一隻落湯雞，身上、嘴巴上都黏滿了湯汁和派渣。他跪在特耐特的爪前不停地求饒：「嗚——大王，他們當中不知從哪兒來的一些刁鳥兒，竟用食物砸我們。儘管我被林鳥打敗了，可我抓回了逃跑的奴鳥呀。嗚——大王饒命！」

特耐特看了看滿身黏著湯汁的上尉。如果我殺了他或撤了他的職，我一時還真找不到能代替他的鳥。他想。另外，我或許還要用到他。

即便是這樣想，特耐特仍然對上尉的那副狼狽相感到厭惡。他吼叫著命令士兵把哭哭啼啼的黏嘴拖出去，免得他身上的污垢弄髒了他那漂亮的大理石地面。

臭蟲眼失職——奴鳥出逃——黏嘴敗陣，這一連串發

生的事讓這個暴君快要氣炸肺了。他的怒氣像颶風一樣在他心頭旋轉著，掃蕩著。特耐特不是生悶氣的主兒，他一生氣準要抓倒楣鬼。他那隻黃眼睛凶光畢露，噴著火。在場的士兵一個個嚇得把目光移向地面，渾身發抖。特耐特的羽毛都立起來了，身體比以往大了一倍，他那鋒利的爪子在空中舞動著，他那殘忍的喙像刀似的在空氣中劈砍著。

也巧，就在這時，一個倒楣的士兵打了一個噴嚏。特耐特忍不住了，他像閃電一樣撲向那個士兵，一爪就撕裂了他的身體，喙緊跟著插進士兵的肉裏。那士兵當場一命嗚呼。但特耐特繼續撕著。士兵們看不清他的動作，只能聽見他的嗥叫聲和骨肉撕裂聲。他們不由自主地往後躲著，連大氣都不敢喘。

特耐特兇殘地吃著這隻渡鴉的肉，喝著他的血。他向士兵們咧開嘴角笑著，好像士兵們都是他的朋友。

「給每隻奴鳥二十大板。」他輕輕地拍了拍他那隻戴眼罩的眼睛，另一隻眼睛瞇成了一條縫，「把黑影叫來，你們退下去。」

士兵們剛走，特耐特便聽見外面傳來奴鳥們挨打發出的尖叫。這時，那隻長著琥珀色眼睛的渡鴉溜了進來。

「陛下，黑影到。」黑影擺弄著他黑披風的衣角，那琥珀似的的眼睛亮閃閃的。

「我信任你，所以要委你重任。如果無法完成任務，就要你的命！」特耐特先威脅道，「告訴我，現在共有多少個探子？」

「算我有十個，陛下。」黑影一邊回答，一邊閉上了一隻眼睛。

「好，你率領他們去攻紅、藍鳥兒營地。先去召集探子，再去準備一兩瓶油，然後去燒掉他們的營地，殺死那些可惡的林鳥。搞的破壞越大越好，我再

派幾個射箭手，助你一臂之力。別讓我看到你們像黏嘴那樣渾身黏滿豆湯回來。」

「是的，陛下。我們不會被打敗的——」

特耐特打住了黑影的話：「那好。現在就行動吧！」

在接下來的幾天裏，黑影和他的探子兵多次飛到紅、藍鳥兒的營地，以探虛實。他們準備了足夠的油和其他必用品。這是特耐特的一支精銳部隊，很少打敗仗。

就在愛絲卡和密爾頓離開後的第二天，格來耐在《古經》的第五卷找到了《劍鳥之歌》的一段歌詞。但是歌詞是用古語寫的，現在沒有幾隻鳥能說這種語言了，所以格來耐趕緊把它翻譯成了現代語。

「唱吧，柯迪。」格來耐把歌詞遞給他，「你看看這次整理的歌詞順不順？」

柯迪唱了起來：

我知道有一個崇尚和平的地方，
我知道有一個珍視和平的時代，
我知道我們爭取和平的原因，
我知道有一隻能創造和平的鳥。
劍鳥！劍鳥！
啊，讓我們重新獲得和平，
啊，讓我們重新獲得自由。
趕走黑暗，迎來光明。
讓森林充滿和平，
讓鳥兒永遠享受和平與自由。

柯迪停了下來，喘著氣問：「就這些嗎？我真喜歡這首歌。」

格來耐搖搖頭，扶了一下眼鏡說：「這只是第一段，第二段還沒找到，我想我很快會找到的。」

「當然，如果能在愛絲卡和密爾頓回來之前找到，那就好了。」柯迪說。

「是啊，我希望在這期間，特耐特不會發起第二次進攻。」格來耐說。

藏在格來耐書房附近的陰影一邊觀察著這一切，一邊十分得意地說：「你們想找劍鳥幫忙，是嗎？哼，等著瞧吧，一旦大火把你的家園吞噬，把你的歌詞燒成灰燼，看你怎麼辦！那時你還會高高興興地唱歌嗎？」說完，他就領著他的士兵消失了。

柯迪揉了揉眼睛。這兩天他常常感到有些事很異常：他常常聽見樹蔭中傳來竊竊私語，可那聲音轉眼間又被潺潺的溪水聲吞沒了。他想：這也許是他想像出來的，但剛才他明明看到有一雙琥珀色的眼睛在影子裏一閃，可等他再仔細看時，它們又不見了。他認為不是自己的眼睛看錯了，他確信有鳥兒在窺視著他們。柯迪預感到又有什麼可怕的事要發生了。

那天晚上，黑影最後一次向探子和射手們做了指示。「聽著，哥們兒。凝聚我強；分散我垮。黏嘴發現紅、藍鳥兒聯合起來力量很大。但是今晚沒有誰跟藍鳥在一起。探子們，去燒他們的營地！射箭手們隱蔽待命，沒有我的命令不許動。」他又轉向幾個探子，「你們仨把油澆倒在樹根上，然後點火。讓夜晚快快降臨吧，因為黑夜才是我們的朋友。」探子們點了點頭，然後開始行動。他們做了很好的偽裝，幹得很俐落，所以沒有被其他鳥兒發現。

一切都很平靜。突然，大火熊熊，燒著了藍鳥的營地。救命的喊聲從藍鳥的營地傳出來，藍鳥們拼命往外奔逃。可是，有些被困住了，無法逃離火海。

當一支支利箭從周圍的灌木叢裏射過來時，藍鳥們聲嘶力竭地喊了起來。因為天太黑，誰都不知箭是從何處射來。剎那間，藍鳥的整個營地火光衝天。樹枝被燒得劈啪作響，一會兒就被燒斷了，砸在下面正在逃生的鳥兒身上。當一隻又一隻藍鳥被箭射中時，那叫聲悲慘極了。夜晚的空氣中濃煙瀰漫，哀聲連連。

柯迪衝出著火的家，拼命向紅鳥營地的方向飛去。他知道紅鳥是他們唯一的希望。

很快，火焰背帶著紅鳥、劇團鳥和柯迪飛來援救了。可是，他們來晚了。探子和射箭手早像一陣風似的消失了，連一根羽毛都沒有留下。

藍鳥死的死，傷的傷，活著的在死鳥身旁哭泣著。風兒吹來，把燒焦的羽毛捲到空中。整個藍鳥家園變成了一片火海。

重施故伎不失為上策

——《邪經》

第十七章

第二次襲擊

火焰把藍鳥營地完全吞沒了，紅鳥和劇團鳥只好眼巴巴地在一旁看著。突然，一道閃電照亮了所有鳥兒的臉，緊接著天空中響起震耳欲聾的雷聲，大雨傾盆而下。霎時間，大火被澆滅了。

火焰背、柯迪和幾隻身強力壯的紅鳥來到廢墟中尋找倖存者。他們在格來耐書房的一個角落裏找到了格來耐。他躺在一堆燒焦的書稿上，雙翅護著書稿。他的額頭上有一處傷在流血。

「格來耐，您沒事吧？」火焰背喊道。

「哦……呼喚劍鳥的歌……《古經》……都燒毀了！」格來耐泣不成聲地說。

柯迪把老格來耐扶了起來，說：「別著急，格來耐。我能想起第一段歌詞。」

「我們營地也有一本《古經》。」火焰背說，「你們都到我們那兒去吧，帶著傷員。到那兒就安全了。」

黑影帶領著他的探子、射箭手們飛過陰森堡壘的大門，上氣不接下氣地落到主樓的石階上。他揮翅解散了隊伍，然後直奔樓梯，跑到特耐特的房間前。

「進來，探子。」特耐特說。

黑影畢恭畢敬地低著頭，察言觀色地說道：「是，陛下。我們燒了藍鳥的家園，射死不少藍鳥。可等我們回來想再取一點兒油，準備攻打紅鳥時，天下起了大雨。」

「幹得不錯。等明晚雨停了再去打紅鳥。不過，要小心，他們會設防的。」

「是的，謝謝陛下。祝您晚安！」黑影向特耐特敬了一個禮，離開了。

林鳥和劇團鳥們一到紅鳥營地，就先清理出營地旁邊的一個山洞。這個山洞很大、很深，裏面有一個泉水潭，水特別甜，所以紅鳥們常到這個洞裏來喝泉水。大家在洞裏墊了一些草，把藍鳥傷員抬進去。接著，又叫來了紅鳥醫生給傷員治傷。劇團鳥們忙著把老弱病殘的鳥兒都護送到洞裏，以防敵鳥再次發動進攻時好藏在裏面。

火焰背和天獅率領一些鳥兒到營地上掛樹網去了。雨還在下著，但閃電雷鳴已漸漸平息。

紅鳥營地上有幾張用結實的草繩編織的網，過去是用來捕捉來營地附近的猛獸用的。繩網拉起來是一個圓錐體：網口即錐底有一個用樹藤編成的圓圈，網的上端即錐頂繫著一個粗繩，掛在大樹結實的樹杈上，繩子的末端拴在屋裏。等野獸跑來時，鳥兒把繩子一鬆，大網就會從樹上掉下來。

雨停了，東方露出了魚肚白。

火焰背在營地幾處安排好放哨鳥以後，就和天獅一起回到營地住房，商議下一步的計畫。

「敵鳥燒我們的營地是在深夜。他們要燒你們的營地很可能也會在深夜。」天獅推測道，「回想當時著火的樣子，我敢說他們是先偷偷在我們營地的樹下澆了油後才放火的。由此看來，不等他們澆油、放火就把他們幹掉才是關鍵。」

火焰背點點頭說：「對，我們只有幾張網，也許不夠。」

「我們一定要派幾個射箭手守夜。」藍鳥首領慢慢地說，「要是樹上都掛著巨大的蜘蛛網就好了。」

「哎，天獅，你別說，這話倒提醒了我！小時候，你用過黏草抓飛蟲吃沒有？」火焰背問。

「你說的是不是那種大葉子、莖裏能冒出透明黏液的草？用過，當然用過。」天獅饒有興趣地說，「把草莖掰斷，裏邊就會冒出很黏很黏的透明膠液，先塗一點兒在一根樹枝上，然後拉草莖就會拉出來一根黏黏的絲。把這絲黏到另一根樹枝上，一來一往，就這麼拉來拉去，拉好後就像一張蜘蛛網。等到了第二天早上，總會有幾隻飛蟲黏在上面，摘下來，你就可以飽餐一頓。」

「天獅，我們營地後面長著很多這種黏草。我們去拔下來，在營地所有的樹上都拉上密密的網，那不就安全多了嘛。」火焰背建議道。

「好主意！咱們現在就帶上一些鳥兒去幹吧。」天獅迫不及待地說。

正像天獅推測的那樣，晚上黑影帶領著幾個士兵來了。他們落在營地附近的樹上，透過枝葉的空隙觀察著紅鳥的營地。

黑影轉身對身邊的探子小聲命令道：「你倆先燒前面這棵營地大樹，小心點，裏面的鳥也許還沒睡呢。把油澆在樹根上。」

「是，長官！」兩個士兵應聲離去，爪子上都拎著油桶。

等了好大一陣子，還是沒有動靜，黑影沉不住氣了，他命令其他幾個探子去營地給別的樹澆油、放火，並讓射箭手跟著保護他們。過了一會兒，還是沒有什麼動靜。他實在等不及了，就自己向營地上的那棵大樹飛去，想探個究

竟。

剛一飛近，他就聽見從樹上的黏網上和下面的繩網裏傳來烏鴉斷斷續續的叫喊聲。他一邊罵一邊抽出一支箭，拉上弓，瞄準了一個崗哨。他正要鬆爪，突然，另一支箭從黑暗中射了過來，擦著他頭上的羽毛飛了過去。他一轉身，看見一隻大紅鳥從一個樹杈上猛衝下來，他瘋狂地大叫一聲。這隻紅鳥的爪子上拿著弓，肩上背著箭袋，腰間別著刀子和飛鏢。

「我是火焰背，紅日頭部落的首領。」紅鳥高喊道，「你現在走的話，我會留你一條性命。」

「傻鳥，我絕不會走的。殺死你！」黑影吼著，拔出花劍，刺向火焰背。

火焰背機靈地躲過劍鋒，又向黑影射了一箭。黑影一低頭，箭擦著他的耳旁颼的一聲飛了過去。

「有種的就跟我打！」黑影嗥叫道。

可是，火焰背轉身飛了。

黑影窮追不捨，追到另一棵樹上，卻失去追蹤的目標。他仔細地聽了聽四下裏的動靜。霍地，他拔出一把刀子，拋了出去。長刀正好在空中削斷了一支從對面射來的箭，落在遠處，發出一聲悶響，並傳來了微弱的呻吟聲。黑影的眼睛狡黠地一亮，他趕忙衝向聲音響起的地方。他的黑披風在他身後隨風擺動，他看上去像一個鬼魂。

受傷的火焰背並沒有放棄戰鬥。他從腰間拔出刀子擋住黑影致命的一劍，

然後急忙向上飛去。兩隻鳥短兵相接，打成一團。烏鴉的個頭天生比紅鳥大，所以火焰背獲勝的可能性很小，但是他那憤怒的表情，還有他身上帶著的那麼多武器不能不讓黑影有些心慌。火焰背出爪敏捷，黑影不久就氣喘吁吁了。

兩隻鳥繞著營地的大樹打打躲躲，不分勝負。刀劍相撞，叮噹作響。

黑影詭秘地一笑，猛地把火焰背爪子上的刀子打落了。說時遲，那時快，火焰背又拔出一把彎刀向黑影砍去。這突如其來的進攻令黑影防不勝防，他收斂了笑容，因為他的羽毛被火焰背的彎刀子削落好幾根，露出了白皮。

黑影大怒。「我饒不了你，刁鳥！」他一邊喊一邊舉劍向紅鳥刺去。他的花劍削掉了火焰背爪子上的一片肉，紅鳥疼痛難忍，不得不扔掉彎刀。黑影趁機飛上來一頓左劈右砍，紅鳥抵抗不住，趕緊撤退。

「堅持住！我來了，火焰背！」天獅飛來加入了戰鬥。他拋給火焰背一把劍，兩隻鳥聯爪作戰。黑影招架不住了，掉頭就逃。火焰背和天獅緊追其後。

「看鏢，渡鴉！」火焰背一邊吼著，一邊向黑影投去一支又一支飛鏢。

一支飛鏢正好刺中了黑影的屁股。黑影大叫一聲，差一點兒摔落在地。好在飛鏢刺得不深，他飛得更快了。

火焰背奮力追趕黑影。不久，他抓到了渡鴉的披風，便使勁拽著。天獅也過來幫忙拽著。兩隻鳥兒想把黑影拽回營地。眼看就要成功了，可黑影用花劍割斷了披風。

黑影抽身後，轉身將花劍刺向火焰背。火焰背趕忙躲閃，但還是慢了一步，劍尖深深地刺進他的肩膀。紅鳥一時失去平衡，一頭栽了下去。

天獅怒吼著，用翅膀猛擊黑影，抽他的腦袋。

這時，火焰背恢復了平衡，命令道：「射箭手們，射！」

從附近的樹冠上，紅、藍鳥兒齊刷刷地伸出了頭，拉開了弓。黑影扔下花劍想逃，可是太晚了。

無數的弓響了起來。箭從四面八方射過來，刺破了黑影的皮。他大叫一聲，飛向空中，消失在黑夜裏，身後緊跟著的是射向他的無數支利箭和憤怒的

叫喊。

天獅急忙飛向火焰背。「我沒事。」紅鳥首領說，「只是腰和肩上受了一點傷兒，很快會好的。」

天獅說：「我用翅膀狠狠地扇了一下那隻渡鴉，他不會輕易忘記的。我們的射箭手幹得不錯。黑影近一段時間內不會再來了。」

天獅和火焰背馬上被紅、藍鳥兒的勇士們圍起來。當紅、藍鳥兒看到被困在繩網裏和樹網上的烏鴉和渡鴉時，他們感到怒火中燒。

「用石頭打死他們！」一隻藍鳥吼道。許多鳥兒都嚷著表示贊同。

「不能那樣做，朋友們。」天獅心平氣和地說，「他們現在已經沒有能力傷害我們了。我們先把他們關押起來，將來再把他們放了，讓他們遠離石頭跑森林。但是我們不能把他們殺了。他們有權像這美麗的星球上的所有飛禽走獸那樣活下去。劍鳥也不希望我們結束他們的生命。」

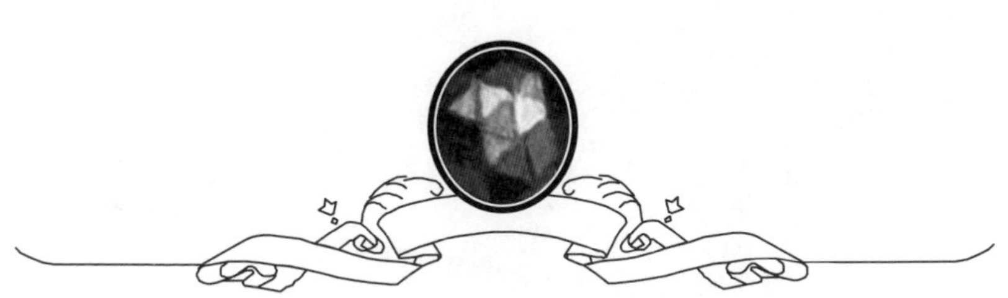

這個地方充滿了憂傷；
沒有歡笑，也沒有歌唱。
山谷裏沒有花兒開放；
河床裏沒有河水流淌。
一切是如此沉悶，如此淒涼，
但山上有一朵小小的野花兒，
從不哭泣，從不迷惘，
因為她心中懷著希望。
——《古經》中的歌

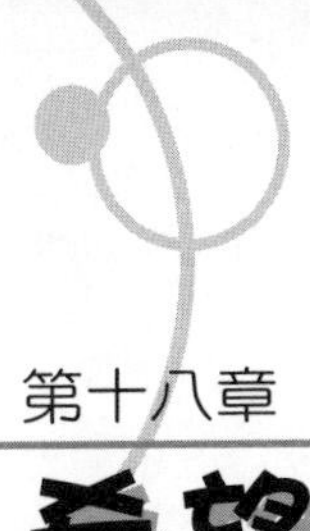

第十八章

希望

在山洞裏，愛絲卡正在用泉水給密爾頓清洗傷口，然後又給他的傷口塗上山草藥膏，再用綳帶把傷口包紮好。密爾頓向愛絲卡笑了笑表示感謝，之後又閉上了眼睛。

愛絲卡知道密爾頓急需吃東西，就去尋找食物了。她在潮濕的地上爬著，採一些鮮嫩的苔蘚尖放進袋子裏。猛然間，她在苔蘚中發現一朵小花兒，金黃色的，那美麗的花瓣在微風中輕輕搖曳。愛絲卡站在那兒一動不動，看著開放在寒風中的花兒。她認識林中的每一種植物，可她以前從來沒見過這種花兒。

「這兒怎麼會有這麼美的花兒呢？難道是劍鳥送給密爾頓的神奇的草藥？」愛絲卡嘟噥著，「感謝劍鳥！密爾頓有救了。」她小心翼翼地挖出這棵花兒，趕緊往回飛去。

愛絲卡把金黃色的花兒和苔蘚放進盛水的鍋裏，架起火煮了起來，然後用勺子攪一攪。湯開了，散發出一股香味。花根、花葉和花瓣在冒著泡兒的湯裏上下翻動，好像在說：「吃吧！吃吧！……」哦，愛絲卡多想嘗一嘗呀！「不！每滴湯都可能救密爾頓的命呀，我不能喝！」她想。

她把湯倒進碗裏，輕輕地喚醒密爾頓。密爾頓本想拿起匙兒，可匙兒從他虛弱的爪子裏滑落了。愛絲卡只好拿起匙兒，一匙一匙地餵著鶇鳥。剛喝了幾口，密爾頓便停下來，說：「你也喝一點兒吧！攢一點勁兒。」

「你受傷了，你更需要呀！」

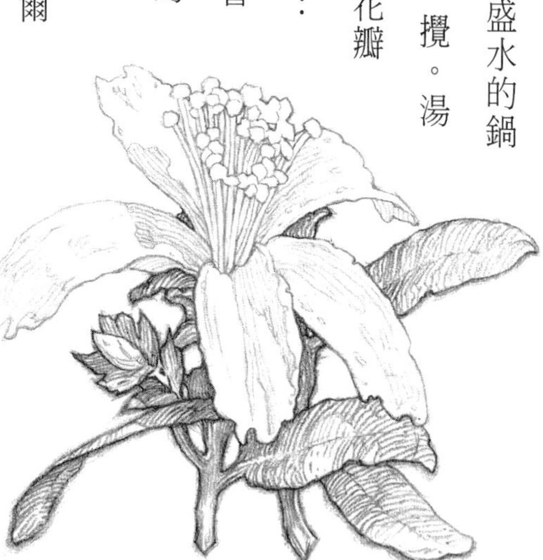

「你若是餓倒了，誰來找吃的呢？」密爾頓反問道。

愛絲卡笑了，不得不喝幾口，但還是把大部分的湯留給了密爾頓。愛絲卡又開始餵密爾頓，密爾頓只得溫順地張著嘴巴，像一隻待哺的幼鳥似的。

「這湯嘗起來……有一股春天的味道，」密爾頓小聲地說，又嚥下一口湯，「像，像……」

「是一朵金黃色的小花兒的味道，是希望的味道。」愛絲卡微笑著接過話說。

第二天一大早，密爾頓就醒了。使他吃驚的是，他肩上的箭傷不太痛了，那些被斯克拉克斯匪鳥的矛所刺的傷也不疼了。他來到洞外練習飛行，發現自己幾乎能飛得和以前一樣好了。

密爾頓急忙回到洞裏，興奮地對愛絲卡說：「你說怪不怪，我又能飛了！咱們趕緊飛出峽谷下山吧！」

我猜得沒錯！愛絲卡想，那朵金黃色的小花兒就是劍鳥賜予密爾頓的救命草藥啊！謝謝劍鳥！

但是愛絲卡還是有一點兒擔心。密爾頓看起來很精神，可他的傷並沒有痊癒。愛絲卡強迫他等換了繃帶再走。他的肩傷特別嚴重，傷口很深，沒有完全癒合，昨天一天的飛行又使傷情加重了。

兩隻鳥兒起程了。

他們往山下飛去，迷霧漸漸地遠離他們，前方露出了湛藍的天空。愛絲卡的心在歌唱；密爾頓的心在飛翔。

密爾頓衝著山腳下的森林大聲喊道：「水荊部落！爸爸！媽媽！我回來了——」

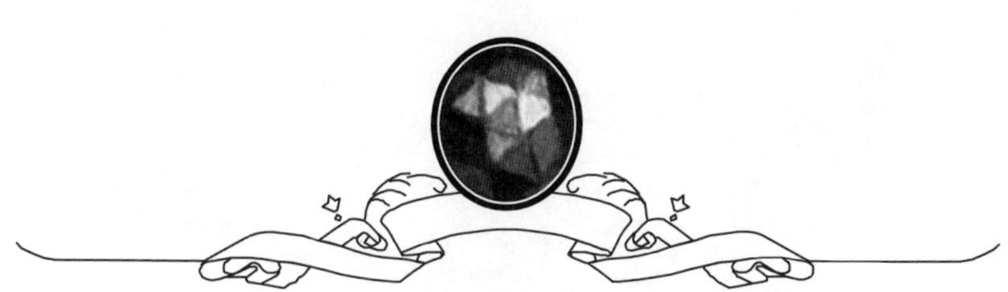

那些為正義而死的鳥兒
不會白白犧牲，
捍衛和平、伸張正義的劍鳥
會讓他們安息的。
——《古經》

第十九章

密爾頓的願望

到了中午，愛絲卡和密爾頓飛到一條河流的上空。

「瞧，我們下面就是羅克威爾河，它流向我的家鄉！」密爾頓興奮地說。

「這麼說你家離這兒不遠囉？」愛絲卡說，「我們什麼時候能到呢？」

密爾頓在空中翻了一個跟頭，叫道：「最遲再過兩三個小時。」可是他剛轉正身體時，突然感到傷口一陣疼痛，翅膀一歪，跌落下去。

「密爾頓！」愛絲卡驚叫道，緊隨其後俯衝下去。

幸運的是，密爾頓落到一艘叫「漣漪」號的行船甲板上，愛絲卡緊跟著落在密爾頓的身旁，用翅膀扶住了他。

船長從後面走過來喊道：「喂，是密爾頓吧，看來你是想搭個腳去水荊部落，是吧？希望你沒有忘記我喲。」

密爾頓回頭一看，驚喜地睜大眼睛，說：「嘿，你不是誇克拉．拉克誇船長嗎？」

「你沒忘記啊！」這隻灰鴨叫道。隨後，船長把目光移到密爾頓的繃帶上，問：「密爾頓，你受傷了？」

「不要緊的，謝謝！」密爾頓低聲說。

船長迷惑不解地說：「你一定是遇上事了；這是無疑的。對了，已經是中午了，跟我一起吃一點兒東西，講講你的經歷怎麼樣？」

「噢，太好了！」密爾頓高興地說。他想起他好像好長時間沒有吃東西了。

他們一起來到餐廳，吃起了李子布丁、麻辣鮭魚等。席間，密爾頓把有關特耐特抓鳥為奴、自己如何逃跑以及需要麗桑寶石的事都跟老船長講了。

突然，密爾頓的身體一陣顫抖，隨之一陣疼痛襲來，他不由得抽搐了一下。劍鳥送他的那朵花兒的效力已經減退，他裝作是吃東西嗆了。不過，這瞞不過愛絲卡，她看了看密爾頓，密爾頓把頭扭開了。

飯後，密爾頓和愛絲卡又回到甲板上。愛絲卡仔細看了看密爾頓的繃帶。當她發現包紮在密爾頓肩上的白紗布又有新血滲出時，她很難過。她關切地問密爾頓：「你的傷又嚴重了吧？」

「沒有，沒——沒什麼大不了的。」

「我想你沒有告訴我實話。」愛絲卡輕聲地說。

密爾頓望著遠方，慢慢地說：「沒錯，我是沒有跟你說實話。倘若我早先把實話告訴你，你會叫我留下來養傷的。現在好了，要到家了，告訴你也無妨。」

他停頓了一下，接著說：「我的傷恐怕好不了了，當奴隸的日子把我的身體搞垮了。」密爾頓抬起頭，滿眼怒火，「愛絲卡，你無法想像我在陰森堡壘

裏所受的折磨！你從來沒有受過鞭撻、棒打、矛刺之苦，那種痛苦你從來沒受過。」

「我知道，密爾頓。我是無法想像出來的。」愛絲卡低聲說。

密爾頓低著頭說：「愛絲卡，我一想到要救石頭跑森林，要救我的奴隸兄弟姐妹們，我就會忘記所有的痛苦。」

這時，船長誇克拉走了過來，說：「嘿，密爾頓，水荊部落到了。」

密爾頓抬起頭，看到他熟悉的美麗家鄉，不禁欣喜萬分。

他和愛絲卡向船長致了謝，道了別，迫不及待地向家鄉飛去。

密爾頓在熟悉的河谷上空飛行，一顆心怦怦直跳。他在心中不停地呼喊：爸爸、媽媽，你們在哪兒？愛絲卡吃力地跟在後面，心裏納悶：真奇怪密爾頓怎麼一下子飛得這麼快？一定是看到家鄉的喜悅給他增添了新的力量。

密爾頓回頭指著一個地方給愛絲卡看：「瞧，那邊就是我的家園。」

愛絲卡抬頭望去，只見開滿紅花的草地盡頭有一片蔥鬱的楓樹林，林間鳥影幢幢，不時傳出鳥兒的歌聲。

密爾頓和愛絲卡剛飛到林邊，幾隻鶇鳥從林子裏飛了出來，驚喜地叫道：「密爾頓！密爾頓！」他們一下子把密爾頓團團圍在當中。其中兩隻鳥兒急忙去給密爾頓父母報信，還一路大喊：「密爾頓回來了！密爾頓回來了！」

整個水荊部落頓時沸騰了。密爾頓被大家簇擁著來到家門口，沒等他邁進大門，他的父母已經熱淚盈眶地迎了出來。

密爾頓向父母低頭施禮，說：「爸、媽，兒子回來了！」

密爾頓的母親連忙扶起他，心疼地說：「兒子呀，媽不是在做夢吧，讓我好好看看你。天哪，怎麼還纏著繃帶？受傷了嗎？」

密爾頓的父親瑞馬斯一邊扶著密爾頓進屋，一邊說：「咱們先進屋吧，密爾頓。你一定很累了。」

等大家都進屋坐下來以後，密爾頓急忙對父母說：「爸、媽，這是愛絲卡，是從石頭跑森林來的，她是來借麗桑寶石的。」

密爾頓的父親關切地問：「怎麼，發生了什麼事？又是那老鷹嗎？」

「老鷹特耐特把我和其他兄弟姐妹抓到石頭跑森林做奴隸，還燒殺、搶劫當地紅、藍鳥兒的營地，他們正需要您的幫助呢。爸，您明天一定要率領部隊帶著麗桑寶石去石頭跑森林啊！」

「明天？」

「對，不然就太晚了。特耐特會很快攻打愛絲卡部落的。」

屋裏一陣沉默。「你需要好好休息。」父親小聲地安慰道，「何況你也知道，上次呼喚劍鳥的儀式並不太成功，劍鳥沒有待多久就不見了。我們也不知道原因。」

密爾頓乞求說：「爸，答應我吧，明天就去……」

瑞馬斯慢慢地點了點頭。密爾頓微微一笑。他張開嘴巴還想說什麼，可沒等說出來，他就癱倒了。

大家馬上慌亂起來。密爾頓的母親一遍又一遍地呼喊著兒子的名字。醫生趕來了，等給密爾頓檢查完後，他對密爾頓的父母說：「密爾頓生命垂危呀！」

聽了這話，密爾頓的母親大哭起來。「兒子呀，怎麼會這樣呢？被老鷹抓走前還好好的，就一個多月的光景就變成這個樣子了。」

醫生說：「夫人，您需要鎮靜。讓密爾頓休息一會兒吧。」

幾小時後，密爾頓的眼皮抖動了幾下，睜開了一條縫，露出乾澀、疲憊的雙眼。好一會兒，他只是在那兒吃力地喘著氣。他感到頭暈目眩，眼前冒著金花，幾乎什麼也看不見。他感到渾身像在火上烤著。

他清楚地知道雖然劍鳥送來的花兒幫助他暫時緩解了傷痛，但是它不能徹底治癒他的傷。劍鳥所能做的是給予他力量，讓他趕回家完成他的使命。「謝謝您，劍鳥！」他虛弱地說了一句。

「密爾頓！密爾頓！」他似乎聽見愛絲卡在呼喚他，可拿不準愛絲卡在哪兒，這聲音好像是從遙遠的地方傳來的。

一種從未體驗過的溫暖的感覺包裏著他，但他抑制著。密爾頓掙扎著要說話，可他的喉嚨乾燥得讓他說不清一個字。他剛一開口，便劇烈地咳嗽起來。等了一會兒，他勉強擠出一絲虛弱的聲音。

「愛——愛絲卡……」他嘶啞地說，「我不能繼續為我的奴隸兄弟姐妹們爭取自由了，我希望你能替我完成這個使命。你堅強，有主見，所以我選擇了你。我快死了。我希望通過你的眼睛能看見特耐特被除掉，奴鳥獲得自由的場面。」他停頓了一下，像是要微笑。突然，那種奇怪的感覺重又襲來，似乎要將他吞噬。他把頭轉向了父母，說：「爸，快跟愛絲卡到石頭跑森林去。……一定要消滅特耐特。」他的聲音越來越弱。「爸爸、媽媽，我愛你們……」

當那種奇怪的感覺再一次向他襲來時，他沒再努力去擺脫它，而是任它傳遍全身的每一根神經；他感到自己在飛翔。頃刻間，他眼前出現了萬道五彩的光芒，但轉眼變成了血紅色，繼而又變成了黑色。他感覺自己像是穿行在一條黑暗的隧道裏，但他毫不畏懼地在隧道裏飛行著。

不久，他看見了隧道口，他飛向了空中。他不再感到翅膀、胸部和背部的疼痛，他充滿喜悅，自由自在。他回頭望去，父母和愛絲卡正在圍著他的軀體哭呢，水荊部落的父老鄉親正在為他落淚呢。他在空中盤旋了好一陣子，看著他們，恨不得把他們永遠銘刻在記憶中。「再見了，爸爸、媽媽！再見了，愛絲卡！再見了，水荊部落！」他自言自語道，眼睛裏充滿了淚水。過了一會兒，他戀戀不捨地飛向天際，水荊部落漸漸地從他的視野中消失了。他越飛越高，離太陽越來越近了……

「他走了，去天國了。」瑞馬斯悲傷地看著兒子，低聲地說。他拄著劍柄，強忍住眼淚，怒吼道：「特耐特，你絕沒有好下場！」

密爾頓的母親痛哭流涕。淚流滿面的愛絲卡攙扶著密爾頓的母親，注視著密爾頓安詳的笑容。風兒吹著他的羽毛，他看上去像在睡覺，在做著好夢。然而，他永遠不會醒來了，他將永遠睡在夢中。

愛絲卡暗暗發誓：安息吧，密爾頓，我一定會實現你的願望！

風兒輕輕地吹動垂柳，像是在哀悼密爾頓。

第二天，瑞馬斯帶著父老鄉親們安葬了密爾頓，並在他的墓前種上藍色的花兒。之後，他把隊伍集合起來，由愛絲卡領路，拿著麗桑寶石，一起向石頭跑森林飛去，一路高喊：「殺死特耐特！解放奴鳥！」

備戰可能避險。

——《古經》

第二十章

準備

特耐特等著黑影回來，盼著紅鳥營地被燒毀的消息。那些林鳥殺了我不少精兵，他想，我要看著他們被毀掉！為了消磨時光，他胡亂地翻著那本《邪經》，儘管書中的每一個段落他都已經能倒背如流。「違抗像瘟疫一樣擴散。」他自言自語地背著他最喜歡的語句，「不允許反對意見存在，哪怕只是一個瞬間。阻隔任何叛逆思想擴散，防微杜漸。」

再說黑影慘敗後，身邊連一個射箭手和探子都沒剩下，連他的披風也被撕掉了一半，身上露出幾塊皮，渾身的箭傷和鏢傷雖然不太嚴重，但疼痛難忍。他獨自飛走了，沒再回陰森堡壘，而是飛向森林的深處，遠離了紅、藍鳥兒，遠離了他的老鷹主子。黑影不想再回去向特耐特懺悔他的失敗。

先是水荊部落的那樁怪事，他一邊飛一邊想，然後紅、藍鳥兒打敗了黏嘴，現在連我也打敗不了他們！特耐特的命運變了。他不再是我想侍奉的主子了。

午夜的森林吞沒了這隻渡鴉的身影，誰也不知道他的去向。

格來耐坐在紅鳥營地的大廳裏，頭上纏著繃帶。他的眼前放著紅鳥部落的《古經》。

在《古經》最後一頁的頁邊處，格來耐發現了幾行字：「第一段歌將使劍鳥出現；第二段歌能留住劍鳥。第一段歌就在此書中；第二段歌發自你的內心。呼喚者要在第二段歌裏表達自己的心聲。」

格來耐驚奇地看著這頁紙，激動得心口直跳。答案就在這兒！他終於知道呼喚劍鳥、留住劍鳥的答案了。他在墨水中蘸了蘸羽毛筆，迅速在一張空白紙上寫了起來。

愛絲卡、瑞馬斯和他部落的勇士們連夜趕路，趁黑飛行，避開了斯克拉克斯匪鳥的阻截，順利地飛過白頭山。早晨，他們飛過邊界，進入了石頭跑森林。

「親愛的石頭跑森林，我又回到你的懷抱！」愛絲卡興奮地叫道。她忘記了一路的辛苦，用力扇動著翅膀。

回藍鳥部落的近路要經過紅鳥的營地。於是愛絲卡和鶇鳥們逕直向紅鳥的部落飛去。沒等他們飛近，幾隻紅鳥迎了過來，喊道：「愛絲卡！你可回來了！」

愛絲卡忙把瑞馬斯和鶇鳥士兵們介紹給他們，鳥兒們一邊飛一邊說著話。

「密爾頓呢？」一隻紅鳥問。

這個問題一下子讓大家陷入了沉默，瑞馬斯的臉上更是露出十分悲痛的表情。愛絲卡低聲答道：「他在陰森堡壘受的傷太重了，剛到家不久就永遠離開了我們。」

大家都沉默了，像是在給密爾頓默哀。

過了一會兒，愛絲卡問：「我們藍鳥部落的情況現在怎麼樣？」

「我們有不幸的消息，愛絲卡。」一隻紅鳥低著頭說，「你們的部落被特耐特放火燒了。」

愛絲卡震驚得倒抽了一口涼氣，忙問：「他們都還活著嗎？」

「除了幾隻鳥以外，大部分鳥都活著。願劍鳥保佑死者的靈魂。剩下的鳥兒如今正跟我們住在一起呢。快去看看他們吧。」

剛說到這兒，他們已飛到紅鳥部落的總部。火焰背、天獅、格來耐等出來迎接。一陣問候之後，大家都進了屋。

瑞馬斯從懷裏拿出麗桑寶石，遞給了火焰背說：「瞧，這就是你們急需的麗桑寶石。有了它，再加上《劍鳥之歌》就可以呼喚劍鳥了。」

火焰背接過寶石，舉起來仔細看著。這顆多稜寶石，晶瑩透明，裏面好像有無數扇彩色的窗戶。紅鳥首領慢慢地轉動著寶石，寶石發出閃爍的紅光。大家都把

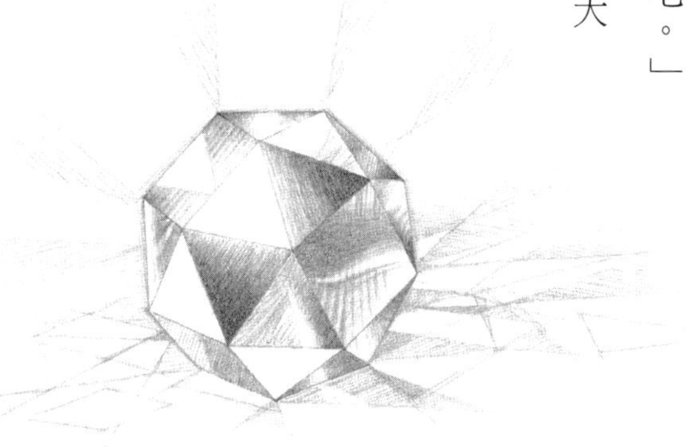

腦袋湊過來，驚歎不已。

「對了，你們把《劍鳥之歌》的歌詞抄寫好了嗎？」瑞馬斯問火焰背和天獅。

天獅把頭轉向格來耐，格來耐點點頭答道：「抄好了。」

「上次我們呼喚劍鳥時，劍鳥出現以後，停留的時間很短。我們不知道哪一步做錯了。我希望你們不要遇到這種事。」瑞馬斯說。

「我相信不會。」格來耐說，口氣裏充滿了激情，「我是在一個最不顯眼的地方找到答案的。那兒有關於《劍鳥之歌》第二段的注釋。」他說著拿起了一張紙。

「第二段歌？」瑞馬斯好奇地問，「我怎麼從來沒聽說過。」

「你是沒聽說過。」格來耐解釋說，「我在《古經》裏發現了一條注釋，它說需要自己用心來完成這段歌詞。這樣劍鳥不僅能出現，而且還會停留很長時間。我已經把第二段歌詞寫好了。你看。」

瑞馬斯忙接過來一看，說：「好！寫得好。給每隻鳥兒都抄一份吧。」

「別落了我們！」站在一旁的羅皮爾大聲說，「如果有音樂，柳葉劇團是一定要演奏和演唱的。別忘了，我們可是專業的劇團啊。」

天獅笑了笑，滿口答應會給劇團鳥抄幾份。「可是，瑞馬斯，那寶石在儀式上應該放在何處呢？」天獅問。

「我們起初把它放在一個臺子上，後來擔心敵鳥會把它奪走，就讓一個士兵用嘴巴銜著。這可是很危險的差事啊。」瑞馬斯說，「他很容易成為敵鳥的靶子。」

「到時候，我來銜寶石，我不怕。」愛絲卡輕輕地說。

格來耐用翅膀拍了拍愛絲卡的肩膀，語重心長地說：「閨女，你為石頭跑森林做了不少事，該歇歇了！」

「我要完成密爾頓的遺願。」愛絲卡說著低下了頭。

大家聽了，都默不作聲。

愛絲卡從會議室出來時，看見對面站著一隻藍鳥。他爪子裏握著一枝玫瑰，一枝今年最早開放的玫瑰。

「是你，柯迪。」愛絲卡驚喜地叫道。

「這花兒是送給你的，我們的英雄。」柯迪真誠地說著，把花兒遞給了愛絲卡。

當特耐特意識到黑影再也不會回來時，他氣得狠狠地合上《邪經》。他扇了幾下翅膀，憤怒地嗥叫了幾聲，這聲音震得陰森堡壘裏所有鳥兒的耳鼓都嗚叫了幾秒鐘。

他決定不再派探子和射箭手去攻打紅、藍鳥兒。他要親自率兵攻打林鳥！

他們凝望著，
希望視線能穿過那五彩的光線，
穿過那淡淡的雲朵，
因為他們知道在它們的後面，
他來了，終於來了。
——《古經》中的故事

第二十一章

劍鳥！

下午的太陽懶洋洋地照著紅鳥的部落，似乎一切都很太平。但是部落裏的鳥兒很警覺，因為他們都知道特耐特不會就此善罷甘休的。

一隻小紅鳥剛從營地的樹上探出腦袋，又連忙縮了回去，驚恐萬狀地大叫：「不好了，特耐特來了，他帶著好多好多的烏鴉和渡鴉打來了！」

轉眼間，整個營地的鳥兒都警覺起來。大家忙推開樹葉向外張望。果然，在南方的天空中，一個大黑點帶著許多小黑點正向這邊飛來。

「集合部隊！」

「麗桑寶石在哪兒？把它給我！」

「我來發歌譜！」

瑞馬斯沉著地喊道：「各位，準備戰鬥！」

紅鳥、藍鳥和鶇鳥們迅速拿起武器。很快，大約八十隻林鳥就做好了迎戰一百三十幾隻敵鳥的準備。他們背對著營地大樹，圍成一個大圈子。一些鳥兒在空中防護著，一些鳥兒在地上守衛著。紅鳥、藍鳥和鶇鳥的首領幾乎在同時發出進攻的號令，林鳥們揮動著武器，迎著敵鳥衝了過去。

「太陽的威力！紅日頭，衝啊！」紅鳥們喊道。

「進攻！藍翅必勝！」藍鳥們叫著。

鶇鳥們也不甘示弱高喊：「水荊部落，殺啊！」

特耐特惱羞成怒，大吼道：「你們喊吧，有你們的好戲！」他命令上尉發出進攻的命令。

特耐特的士兵瘋狂地衝向林鳥，林鳥們緊緊守衛著戰線，驅趕著入侵者。戰場上亂箭橫飛，鳥兒們發出痛苦地尖叫。他們在空中展開了激戰，扇動的翅膀間閃動著刀光劍影。因為寡不敵眾，林鳥終難抵敵太久。

與此同時，愛絲卡、格來耐、柯迪和劇團鳥飛到營地的制高點。愛絲卡用嘴巴銜著麗桑寶石。劇團鳥們拿出樂器，奏起《劍鳥之歌》。迪比吹起口琴，凱思婷吹起笛子，五月花吹起黑管，亞莉山德拉彈起豎琴，派麗敲起小鼓，羅皮爾用沙錘打著節拍。柯迪領頭仰天唱道：

我知道有一個崇尚和平的地方，
我知道有一個珍視和平的時代，
我知道我們爭取和平的原因，
我知道有一隻能創造和平的鳥。
劍鳥！劍鳥！
啊，讓我們重新獲得和平，
啊，讓我們重新獲得自由。
趕走黑暗，迎來光明。
讓森林充滿和平，

讓鳥兒永遠享受和平與自由。

所有的林鳥都跟著他齊聲高唱。大家很快把感情投入了歌聲之中。歌聲如此動情，空氣為之震顫；歌聲充滿魔力，樹木都為之搖動。

劇團鳥演奏得如癡如醉，他們從來沒有像今天這樣投入過。愛絲卡嘴裏的麗桑寶石隨著歌聲變得越來越明亮，越來越美麗。它射出萬道紅光，直沖雲霄，好像在迎候劍鳥。愛絲卡高高地抬起頭，那光線是那麼刺眼，但她緊閉雙眼，一動不動地站在那兒。劍鳥！請到石頭跑森林來吧！劍鳥！她在心裏一遍又一遍地呼喚著。

歌聲越來越嘹亮，彷彿整個森林都迴盪著他們的歌聲。歌聲激勵著林鳥，震懾著敵鳥。聽到這自由、正義的歌詞，林鳥們越戰越勇，烏鴉和渡鴉們嚇得魂飛魄散。

特耐特聽了這歌聲，也有些慌了神，可他不停地告訴自己：「別聽他們瞎唱！」

特耐特轉身向上尉黏嘴命令道：「讓士兵提起精神，別相信那爛歌！」

上尉領命匆匆離去。特耐特為了鎮靜情緒，親自上陣廝殺。他一路殺下去，但林鳥們一隻比一隻勇敢。

當第一段歌兒的最後音符飛向空中時，天空驟然變成了灰色，而且越來越暗。剎那間，刷的一閃，天空劃過一道亮光，所有的鳥兒不由自主地閉上眼睛。頓時，森林裏的一切變得亮如白雪。林鳥和劇團鳥們沒有發生什麼事，但當一些敵鳥睜開眼睛時，他們都大嚎起來，只覺眼前一片漆黑，什麼也看不見了。

就在這時，空中颳起旋風，捲起雲朵，在空中形成了一個彩色的漩渦。那漩渦五彩繽紛——鮮豔的玫瑰紅，柔和的橘黃，明亮的草綠，鮮活的孔雀藍，還有高雅的青紫色，交相輝映。這些顏色似乎充滿活力，扭動著，聚合著，變化著，不斷地形成新的圖案。漩渦越轉越快，放射出燦爛的火花，宛如夜空中的星星。旋風越颳越強，越颳越猛，把烏鴉和渡鴉從地上捲到空中。他們在旋

風中掙扎著，嚎叫著。不一會兒，他們都被吸進彩色的旋渦之中，消失得無影無蹤。

可奇怪的是，林鳥和劇團鳥們卻沒有受到旋風的影響。他們紋絲不動地站在樹枝上，觀望著眼前的奇觀。

特耐特並不是一個白掛著大王頭銜的主兒，他狡猾得很。旋風乍起，他就溜到了紅鳥營地旁邊的山洞裏。他並不知道這個山洞正是紅、藍鳥老弱病殘的藏身之處！幸虧特耐特並沒有往洞的深處走，只在洞口注視著天空和紅鳥營地上的動靜。

突然，一道閃電照亮了整個森林。緊接著，響起了震耳欲聾的雷聲。大地在顫動，大樹在搖擺。當閃電消失在森林的盡頭時，空中出現了一隻巨大的白鳥，爪持寶劍。劍鳥！

這隻鳥目光炯炯，神采奕奕。乍一看，他像一隻巨大的鴿子——黑眼珠，紅喙，紅爪，但仔細一看，又與鴿子不同。他有天鵝般高貴風采，有大鵰的雄姿和速度，而他的身長卻是兩者加起來的三倍。他的翅膀伸展開來像一片白雲，在森林上空扇動著。

劍鳥爪子上的劍看上去像一條銀龍，那顆鑲嵌在劍柄上的麗桑寶石就是龍眼，正射出一道道光束，與愛絲卡嘴中的麗桑寶石所發出的光束交織在一起。

透過麗桑寶石耀眼的光線，愛絲卡看見和平衛士劍鳥，心裏充滿了喜悅。劍鳥，您真的來了！她激動地想。劍鳥在向她微笑，她也向劍鳥露出了燦爛的笑容。

格來耐驚喜地張大了嘴巴。他匆匆往上推了推眼鏡，好仔細看看這隻白鳥。看那矯健的雄姿，看那神聖的寶劍，還有那閃閃發光的白羽，跟《古經》裏描述的一模一樣！他興奮地想著，滿懷敬畏。

天獅、火焰背以及其他的林鳥和劇團鳥此刻都想起了以前格來耐講過的有關劍鳥的故事，實在難以相信那些故事裏的那隻神聖、偉大的鳥兒真的來到現實當中了！

間奏曲演奏完以後，柯迪和其他歌手唱起第二段歌兒：

有和平就有愛，
有和平就有友誼。
有自由就有幸福，
有自由就有歡樂。
和平，自由！和平，自由！
當和平與自由到來時，
我們是多麼快樂，
我們是多麼欣慰。
為自由而戰的勇士們不會白白犧牲。
邪惡終將受到懲治。
啊，劍鳥，在黑暗的歲月，

給我們希望吧！

願神奇的石頭林跑森林再現輝煌。

蜷縮在山洞裏的特耐特幾乎被嚇昏了，這是他平生第二次見到劍鳥。他想往洞裏跑，可又挪不動步子，只好就地依在洞口那兒，斜著眼珠看著天空。哦，他看清了營地上的一棵樹上有一隻藍鳥嘴裏銜著一個發光的東西。一定是那東西召來了劍鳥！把它奪下來，劍鳥一定會消失的。特耐特想。他剛要衝向愛絲卡，可又猶豫了。要是我出去，劍鳥不就把我殺了，還是躲在這兒吧。

雖然特耐特看不清漆黑的山洞裏到底有什麼東西，可是洞裏的紅、藍鳥兒藉著洞口射進的光線卻能看清他。他們屏著呼吸，其中一些能走動的鳥兒悄悄拿起長矛，準備投向特耐特。

劍鳥的翅膀展開得更寬了，他向山洞的方向飛來。特耐特嚇得又往洞裏退了幾步。正在這時，特耐特聽到腦後嗖嗖傳來幾聲投擲東西的聲音，一支矛尖

正好刺在他屁股上，還有幾支擦著他的身體飛了出去。老鷹來不及多想，本能地向洞外衝去，飛向空中，幾乎與劍鳥迎頭相撞。

劍鳥一揮閃亮的寶劍，指向特耐特。特耐特一低頭，躲開了劍光，他的大腦中響起了劍鳥的聲音：

「你，老鷹！上次見到你時，你在水荊部落抓林鳥為奴，我弄瞎了你的一隻眼睛，讓你改邪歸正。可你死不改悔，又來到石頭跑森林興風作浪，修建陰森堡壘，偷更多的鳥蛋，抓更多的林鳥。你的末日到了！」

「不！不！饒命啊，劍鳥！」老鷹在令他畏懼的白鳥前磕頭乞求著，但是他那隻黃色的眼珠卻在滴溜兒亂轉，狡黠地四下打量著。劍鳥皺著眉，搖了搖頭，劍尖向下稍稍一沉。特耐特藉機從地上一躍而起，拼命地扇動著翅膀衝向愛絲卡。愛絲卡毫不畏懼，把銜著寶石的喙抬得更高，同時舉起爪子上的花劍指向老鷹。柯迪飛了過來準備保護愛絲卡。

可沒等特耐特飛近愛絲卡，只見劍鳥的寶劍射出一道灼熱的光芒，射在老鷹的身上。頓時，特耐特渾身冒出了火焰，一個慘叫的火團隨即向地面落去。

林鳥們歡呼雀躍：「特耐特死了！特耐特死了！」

劍鳥低飛下來，在林鳥們的頭上盤旋。他面帶微笑，在他們的大腦中講著話：

「特耐特除掉了，你們又可以享受和平與自由了。和平是美好的；自由是神聖的。有了和平與自由，就會有明天！再見了，朋友們！我會永遠注視著你們。」

說完，劍鳥向高空飛去，越飛越高，直到在灰色的天空中變成了一個白點。林鳥們一齊飛向空中，揮動著翅膀與劍鳥告別。

漸漸地，天空變成了藍色，一道彩虹出現在空中，那是一道象徵和平的彩虹……

沒有比獲得自由
更快樂的事了。
——《古經》

第二十二章

解放奴鳥

傍晚來臨，陰森堡壘的上空飛來一大群鳥，有鶇鳥、紅鳥、藍鳥和劇團鳥。他們爪持武器，喊聲如雷。

「解放奴鳥！解放奴鳥！」

留在堡壘裏的幾個士兵見此情景，一個個嚇得驚慌失措。特耐特打敗仗了。他們推斷著，不然，這些林鳥們怎麼會來這兒呢？

「大王已經死了，我們還待在這兒幹嘛？等死嗎？還是趕緊逃命吧！」其中一個士兵說。

這些留下的烏鴉和渡鴉一時拿不準特耐特到底是死了還是活著，所以他們便飛出堡壘的城牆，向山裏飛去。

當林鳥和劇團鳥落到堡壘的地上時，他們聽到營房裏有鳥兒在喊：「我們在這兒！我們在這兒！」

林鳥們撬開營房大門，衝了進去，接著便是熱烈的擁

抱和低聲的哭泣。當瑞馬斯看到捆綁在奴鳥們身上的鎖鏈時，連忙說：「快，把他們身上的鎖鏈拿掉！」

砍割鎖鏈時，奴鳥們痛得忍不住發出一聲聲尖叫，因為鎖鏈幾乎長到他們的肉裏了。但是，他們的心裏敞亮極了。雖然大多數奴鳥一時還不能恢復飛行能力，但他們還是喜悅地蹦著跳著，不時地展開自己的翅膀。

奴鳥們解放了；他們不再是奴鳥了。歡慶中，他們似乎想起了什麼。「跟我們來！」奴鳥們拉著林鳥朝食品儲藏室走去。到了儲藏室門口，林鳥們砸開門，進去一看，頓時被眼前大量的食物驚呆了。

「這些不是我們紅鳥營地的蘋果、松子、葡萄乾和根莖嗎？」火焰背驚歎道。

「這些不是我們藍鳥營地的核桃、蜂蜜、蘑菇和紅莓嗎？」布朗特氣憤地說。

「還有我們藍鳥的蛋呢！」柯迪喊道。

「瞧，這些是我們紅鳥的蛋！我們應該把它們抬回去，可能還會孵化出小鳥呢！」一隻紅鳥說。

大家把各種各樣的食物搬到堡壘的大廳裏，準備在這兒舉辦慶祝晚會。

大廳裏的水晶吊燈點上了蠟燭，看上去是那麼美麗。劇團鳥們拿出樂器，開始演奏。

音樂響起，所有鳥兒開始跳起舞來，他們的心隨著音符飄向了空中。一時間，天空中，地面上鳥影翩翩，一派和平景象。

在舞池的另一邊，天獅、火焰背、格來耐、瑞馬斯、迪比和提樂斯站在一起說著話。

「明天一早我們就要告辭了。」瑞馬斯說。

「幹嘛這麼急著走呢？在石頭跑森林多待兩天休息休息嘛。」火焰背吃驚地說。

「不行，離開時太匆忙，部落裏還有很多事兒要做呢。」瑞馬斯口氣堅定地說。

「正好我們劇團也要南下演出，我們的熱氣球也修補好了。我們一起上路好吧。」迪比說。

「那些奴鳥怎麼辦？他們這麼快飛不了呀。」格來耐擔心地問。

「沒關係，飛不了的就坐我們的熱氣球走。」迪比說。

「暫時走不了的，就待在石頭跑森林養傷，等好了再走，或者也可以永遠住在我們石頭跑森林嘛。」火焰背友好地說。

「是啊，石頭跑森林這麼大，都住在這兒也有的是地方啊。」天獅點頭說。

「謝謝你們的幫助和款待！是你們救了我們的命，我們永遠感激不盡。」提樂斯真誠地說。

在場的其他五隻鳥朝他笑了笑。「讓我們感謝劍鳥吧！」格來耐說著，伸出雙翅，指向天空。

第二十二章
解放奴鳥

第二天清晨，當朝霞染紅石頭跑森林的時候，劇團鳥的熱氣球升上了天空。氣球的籃子裏除了劇團鳥，還坐著幾隻沒有恢復飛行能力的奴鳥。瑞馬斯率領著鶇鳥士兵在熱氣球的左右展翅飛翔。

一陣陣告別的叫聲，在天上、地上上下呼應著。

石頭跑森林新的一天開始了。

第二十三章

《石頭跑森林志》節選

—— 選自《石頭跑森林志》第十八卷，三百一十二頁

自從劍鳥來石頭跑森林把特耐特除掉至今已經有好幾個季節了。每當孩子們看到彩虹時，他們總是會跑來拉我一起去看，問我眼前的彩虹和劍鳥出現時的彩虹是否一樣，讓我給他們講劍鳥的故事。劍鳥出現時的彩虹當然不同於一般的彩虹了——它橫貫天穹，像一顆流星劃過天宇。

被解放的奴鳥們又都過上了幸福生活。他們大多數返回家園，但有些和我們一起在石頭跑森林開始了新生活。陰森堡壘已被改建成石頭跑森林圖書館。石頭跑森林現在的確是一個美麗無比的地方。

柯迪和愛絲卡的婚禮將要舉行了。當然，那些在與特耐特戰鬥時還很年輕的鳥兒，現在大多都有了孩子。這自然使我想到我已經很老了。

過兩天，我們將在藍鳥的新家園（在陰森堡壘的南部）歡慶和平友誼節。大家正為過節做著各種各樣的準備。這兒要提到的是，我們和紅鳥們已經結為一個部落，我們稱之為石頭跑森林部落。這一次，我們還邀請了水荊部落和其他部落的林鳥們來和我們一起歡度節日。想到那些豐盛的食物，誰不為之心動呢！

以上就是特耐特死後發生的幾件事。剛沏好的橡子茶香氣撲鼻，我無法抵擋它的誘惑，就暫且寫到這兒吧。

最後，讓我引用劍鳥的一句話作為結尾：「和平是美好的；自由是神聖的。」

格來耐
石頭跑森林圖書館館長

尾聲

一泓流金

愛絲卡和柯迪落在半山腰上，抬頭看著山頂。「你瞧，在那兒，就在那兒。」愛絲卡輕聲說著，用翅膀指著山頂。

柯迪向山頂望去，點了點頭說：「看見了，愛絲卡，正像你所描述的那樣——藍天、藍花之間有一個白點，連它旁邊的矢東菊、勿忘我草、龍膽花等，我都看見了。」

愛絲卡眼角掛滿了淚水，微笑道：「是的，幾個季節過去了，還是老樣子。」她想起往事，忍不住抽噎起來。「就像昨天的事。」她終於哭出聲來。

柯迪用翅膀拍了拍愛絲卡的肩膀，安慰道：「好了，好了，愛絲卡。你知道在半山腰我們是不該停的。快飛吧！」

兩隻藍鳥又開始向上飛，沒多久便到達了目的地。傍

晚的風兒吹過墓邊的花草，發出瑟瑟的聲音。愛絲卡和柯迪注視著墓碑上的銘文。

密爾頓．西爾庫
一位孝子、摯友和真正的勇士，
克服重重困難，
重返家園，
以自己的生命換取其他鳥兒的生命。
他將永遠活在我們的心中。

墓碑上的刻字雖然稍稍受到風雨的侵蝕，但是依然清晰可見。這塊大理石墓碑在落日餘暉的照耀下閃爍著光芒。愛絲卡和柯迪佇立在墓碑前，一動不動。當愛絲卡的腦海裏閃現出那隻常常面帶微笑的快樂鶇鳥時，淚水模糊了她的視線。

愛絲卡啜泣著說：「密爾頓，我回來了。我看到劍鳥；我看到特耐特被處死；我看到奴鳥獲得了自由和幸福。我相信通過我的眼睛你也看到了這一切。」愛絲卡擦了擦眼淚，梳理了一下被風兒吹亂的羽毛。「密爾頓，我給你帶來了一件禮物，一件象徵和平的禮物。」愛絲卡從背包裏拿出一個包裹，小心翼翼地翻開包布，裏面露出一根潔白的羽毛。「是一根羽毛，密爾頓。它不是普普通通的羽毛，它是劍鳥的羽毛！我把它送給你。密爾頓，安息吧！」說著，愛絲卡把這根美麗的羽毛插到了藍花叢中。

愛絲卡退了兩步又仔細看了看。這根白色羽毛似乎使周圍的藍花看起來更加奪目，它給墓碑帶來了生氣。密爾頓會喜歡它的。愛絲卡想。

柯迪還在墓前默默地憑弔，他好像有很多話要說，但千言萬語只能化成一兩句話：「密爾頓兄弟，我代表林鳥們向你說一聲『謝謝』，我們永遠不會忘記你的救命之恩。安息吧！」

兩隻藍鳥又佇立了良久才展翅飛起。剛飛不久，愛絲卡又回過頭來，她臉上的表情由悲傷轉為驚喜：她看到劍鳥的羽毛讓墓碑放射出耀眼光芒。她看到了一幅她從來沒有見到過的美麗景象：夕陽的餘暉照在藍花和墓碑上，流瀉出一片交相輝映的藍色和白色，似乎慢慢地化成了一泓流金。

國家圖書館出版品預行編目資料

劍鳥／Nancy Yi Fan 著 -- 范禕譯. 一版. --
臺北市：大地, 2009.08
面： 公分. --（大地叢書：27）

ISBN 978-986-6451-07-2（平裝）

874.59 98012889

劍鳥

作　　者	Nancy Yi Fan
譯　　者	范　禕
發 行 人	吳錫清
主　　編	陳玟玟
出 版 者	大地出版社
社　　址	114台北市內湖區瑞光路358巷38弄36號4樓之2
劃撥帳號	50031946（戶名　大地出版社有限公司）
電　　話	02-26277749
傳　　真	02-26270895
E - mail	vastplai@ms45.hinet.net
網　　址	www.vasplain.com.tw
美術設計	普林特斯資訊股份有限公司
印 刷 者	普林特斯資訊股份有限公司
一版一刷	2009年8月

大地叢書 027

大地

定　　價：250元